貓邏——著　Welkin——繪

天選者

④

今天起，
請叫我歐神！

人物介紹

姓名◉諾娃

性別◉女

身分◉永望島裁決者

外貌◉髮色繽紛，眼睛顏色是紅橙色的，衣著裝扮很有維多利亞時期的風格，大領口、羊腿袖、大量的蕾絲、荷葉邊、緞帶、蝴蝶結和鮮花點綴，裙子是蓬鬆又多層次的蛋糕裙。

性格◉諾娃具有藝術家氣息，她喜歡創造、喜歡豐富的色調，喜歡誇張又繁複的衣飾，各種誇張的造型和珠寶首飾放到她身上,只會覺得很特別、很有繽紛絢爛的藝術感。

目次

第一章◉世界基石的碎片 007
第二章◉永望島的邀請卡 035
第三章◉好運泉的幽靈 061
第四章◉永望島裁決者 087
第五章◉永望島之主 109
第六章◉百嵐聯盟的榮譽公民 139
第七章◉組團刷墟境副本 165
第八章◉水元素生物 189
第九章◉墟境貿易點 211
後記 238

第一章
世界基石的碎片

「咚！」

晏笙和氣泡屏障終於落地了。

氣泡屏障輕盈地落在草地上，像輕飄飄的氣球一樣彈跳幾下，而後緩緩停住。

茂密的草叢像柔軟、蓬鬆的絲被，將晏笙和氣泡屏障溫柔地包裹住。

四周靜悄悄地，只有暖融融、並不刺眼的淡金色光芒映照著一切。

晏笙坐在氣泡屏障內觀察著環境，他周圍的草叢有半人高，草叢頂端開著如同稻穗一樣的花，草葉柔軟、濕潤，並不刮人。

再遠一些的位置是果樹林，果樹約莫一人高，上頭結實纍纍，果實有著各種形狀和顏色，有些果實的外觀甚至像是水晶製品。

晏笙撤除氣泡屏障，在柔軟的草叢中站起身，順著溫暖的光芒來源前行。

光芒源頭是一棵巨大無比、彷彿能夠撐起天地的黃金古樹，樹木的樹幹是如同象牙一樣的奶白色，葉片是燦亮剔透的金色。

晏笙彎腰拾起一枚飄到他腳邊的黃金葉片打量，樹葉的形狀是罕見的星形，葉脈看起來像是濃縮的硬質金線，葉片雖然看起來像是黃金打造，手感卻輕薄、柔軟，並具有一定的韌性。

將葉片湊近鼻尖細聞，晏笙以為先前聞到的香氣是樹葉發出的，然而這黃金樹葉的香味卻是一種類似於茶水的清香氣，跟先前的氣味截然不同。

黃金古樹位於湖中小島的中心處，那座小島像是古樹專有地盤，島上只有古樹的存在，沒有其他植物，連一株小草都不見蹤影。

湖泊呈現圓環形環繞著小島，湖裡有生物悠游，不過那些生物的游動速度太快，而這湖水又是五彩色的，像是將殘缺版的彩虹凝結成水，讓晏笙看不清楚牠們的模樣。

晏笙站在湖邊，好奇地研究這顏色奇特的湖水，納悶著它的顏色變換，就在他彎腰湊近時，一股若有似無的清香氣竄入他的呼吸。

那股香味很好聞，說不清是什麼樣的氣味，只覺得聞了以後身心舒暢，原先因為來到陌生地方的緊繃情緒都鬆懈下來。

晏笙環顧四周，想要找尋香味來源，只是這股香氣相當調皮，沒注意的時候它總是縈繞身邊，當他認真地想要找尋時，它卻又消失無蹤了。

就在晏笙東張西望時，身後突然遭到撞擊，讓他直接摔進湖水裡。

幸好靠近邊緣的湖水很淺，只到他的腰部，他坐在湖畔邊緣，渾身濕透，但是鼻尖那股奇特的清香氣卻比先前還要濃郁幾分。

他下意識地探出舌頭，舔了舔沾到湖水的唇。

「……甜的？」他訝異地低頭看著湖水。

那股甜味很淡，帶著一種別致的清香氣，像是一大杯水裡頭滴了幾滴蜂蜜進去，又像是沁涼清澈、自帶甘甜的山泉水。

難道這水也有什麼神奇的作用？

晏笙想讓橘糰進行鑑定，結果卻發現他無法聯繫上橘糰了。

「這是怎麼回事？」

晏笙心頭一慌，又試著叫出天選者系統，發現天選者系統也同樣沒有反應。

「難道這裡有隔絕系統的作用？」

他皺著眉頭，嘗試聯繫阿奇納，結果如同他的預料，他完全沒辦法傳訊息給阿奇納。

他壓下不安的情緒，轉而對湖水進行鑑定，鑑定結果卻是一片模糊，只知道這個水裡面有很優質的能量。

晏笙思考了下，將湖水轉移一些到空間裡頭，請元素精靈們幫他判斷湖水來歷。

「鈴！生命靈液！生命靈液！」

「鈴！搬走！搬走！都搬走！」

元素精靈們一窩蜂地衝出空間，在晏笙身邊飛繞一圈後，發出一連串悅耳的聲響，而後分成兩批，一批鑽進湖裡汲取湖水，一批朝黃金古樹飛了過去。

元素精靈們以掃蕩天地的磅礡氣勢，拔黃金樹葉、汲取湖水、摘果實，甚至連晏笙以為是「雜草」的湖邊草叢都拔了大半……

晏笙呆愣愣地看了一會兒，目光又逐漸被生命靈液吸引，他覺得心底湧現一股衝動，不斷叫囂著「喝了它！喝了它！」。

他忍不住捧了一捧水，喝下一口。

儘管靈魂發散著不明的衝動，晏笙還是保有謹慎，喝下的那口水僅能滋潤口腔。

湖水入口後，一股熏人的暖意席捲全身，讓晏笙整個人就像醉酒一樣暈呼呼地，意識朦朧。

恍惚間，他覺得靈魂被一股溫熱的水流來回沖刷，全身的毛細孔都張開了，體內的污垢隨著溫水流到體外，而後水流又從外面帶進一些東西，填充他的身體。

來來回回地「沖洗」一陣子後，暖意漸漸變得灼熱，像是從春季跳躍到了盛夏，全身被熱騰騰的太陽烤炙，讓晏笙湧現不安，想要逃避躲藏。

「好熱……」

他拉扯著衣領，脫去了外套，還想繼續脫去衣物，只是他的力氣迅速流失，上衣只拉起一部分，手上就失去了力氣，垂落到身側，再也動彈不了。

「熱……」

他感覺自己摔倒在地，難受地在泥地裡頭翻滾掙扎。

體內的熱度越來越高，從烈日變成火焰，惡狠狠地灼燒著他。

他張著嘴，覺得自己發出了崩潰的尖叫，又好像所有聲音都被鎖在喉嚨裡。

他覺得自己的身體被燒融了，大腦蒸發了，靈魂也在逐漸消散……

我會不會就這麼死了？

晏笙恍恍惚惚地冒出這樣的念頭。

死亡關頭，他以為自己會恐慌、會害怕、會掙扎、會驚怒或是有其他面對死亡時該有的反應，可是他的情緒卻相當平靜，思維像是被什麼阻隔了一樣，完全無法做出正確的應對。

在灼熱、暈眩和高燒之中，他開始出現幻覺。

他看見一顆星球從無到有的誕生，他看見一條貫穿時空的發光長河，他看見季節輪轉，他看見生命的源頭，他還看見時空夾縫中有好多個空間。

這些空間有的生機勃勃，就像是一個小世界；有的則是死氣沉沉，裡頭一片

荒蕪；還有的空間很兇暴，會絞殺一切闖進空間的生命；也有純粹的，只有一、兩種能量或是物質存在的空間……

意識被無形的力量牽引，晏笙進入一個灰黑色的荒蕪空間。

一股小小的活泉出現，泉水越積越多，面積也越來越大，最後這泉水成了一片發光的湖泊，滋養了這片黑暗的空間。

活泉周圍開始有生命誕生。

小小的草苗長成了半人高的草叢，不知道哪裡來的果實成了果樹，褐色的土壤聚攏，黃金樹的樹苗萌芽，長成了參天古樹……

湖面上，通體晶瑩透亮、尾端會發光的水晶蟲成群飛舞，藍色雲霧狀的閃光蝴蝶時不時地潛入水裡……

湖畔草叢的根部有東西鑽出，那物體看起來像松鼠，毛色也與松鼠相近，只是牠們的眼睛周圍有一圈紅毛，看起來像是塗抹了眼影。

牠們撿拾地面上的物品，落葉、枯草、稻穗、蟲殼、果實等物，而後將這些東西都搬回地底下儲藏。

就在這個空間變成一個生機盎然的世界後，一頭銀藍色的小海豚從湖泊底部的泉眼跳出，牠歡快地繞著空間飛行一圈，巡視著空間，而後再度潛入水中，鑽進了泉眼，藏在裡頭沉睡。

看著小海豚在水底下打著小呼嚕，晏笙也覺得眼皮沉重起來。

他閉上雙眼，陷入睡夢中。

夢境裡，這個新生空間的故事持續著。

發光的月光鹿群無意間闖入，牠們歡快地在黃金古樹底下跳躍，取走了一部分的黃金樹葉，並將牠們的毛髮作為禮物，藏於古樹根部。

只有食指長度的紅毛小猴子掉了進來，牠喝了幾口湖水，又吃了許多果樹上的果實，而後也在果樹底下埋了回禮，抓著一把黃金樹葉離開。

羽毛鮮豔、顏色繽紛、形似鳳凰的巨鳥群在黃金古樹的樹幹上歌唱，歌聲悅耳動聽。

巨鳥們同樣喝了湖水、摘了黃金樹葉、吃了草叢間盛開的稻穗花，並留下牠們的尾羽回贈。

矯健而優雅的花豹在空間裡棲息了一段時間，直到生下腹中的孩子後，才帶著黃金樹葉和孩子離去。

之後，空間裡頭還陸續出現了許多訪客，有形似恐龍的龐大生物、猙獰的陸地巨獸、形體飄忽的幽靈、會活動的植物人、岩石構成的石頭族、渾身都是骸骨的骷髏族、大如島嶼的巨龜、受了重傷的人形蟲族、半毀的機器人、全身毛茸茸的獸人、完全不是人的生物……

他們進入空間後，都會飲用湖水、摘取黃金樹葉和果實，無一例外。

有些人會留下回禮，有些人沒有，還有一些人試圖奪取空間，也有人企圖毀了空間，但這些心存惡意的人全被空間反過來絞殺，成為這裡的養分。

不管這空間裡有多少訪客來來去去，那頭海豚都沒再出現過。

晏笙幽幽地甦醒，發現眼前是一片晴朗的藍天。

他離開那個空間了！

撐著身體坐起身，他四處張望了下，發現自己正待在先前摔倒的地方，然而這周圍的地面平坦完整，並沒有地洞或是裂縫。

「我怎麼離開的？元素精靈呢？」

下意識地，晏笙查看了自己的空間，毫不意外地發現空間裡頭多了一眼活泉、一個帶著黃金古樹的湖泊、一堆果樹、一大片開著稻穗花的草叢，以及一隻正在跟元素精靈們嬉戲的海豚。

就連空間也擴大了兩倍！

晏笙默默地摀著額頭。

空間變成這副模樣，他竟然完全不訝異呢！

雖然早有心理準備，但是該警告的還是要警告一番。

晏笙板著臉，神情嚴肅地告訴元素精靈，讓他們以後要帶「新房客」入住，一定要事先告訴他；另外，新房客小海豚雖然長得可愛，但是房租依舊不能免除，還是要按月給付！

小海豚露出萌萌噠的笑容，用悅耳的小奶音答應了。

晏笙被萌得心都要融化了，然而他還是很矜持地保持風度，沒有將小海豚抱在懷裡狂親。

小海豚用胸鰭指了指被移入空間的湖泊、黃金古樹和其他東西，說這些可以分給晏笙一半，當作是未來一百年的房租，緊接著牠用氣泡裹著一顆石頭飄浮到半空，說這是牠送給晏笙的禮物。

石頭約莫人頭大小，紋路是黑白交錯的螺旋狀，看起來跟龍宮貝非常相似，上頭還有星星點點的光輝，看起來很漂亮。

即使只是一塊石頭，晏笙還是高高興興地接受了。

微笑小海豚送的禮物，不管是石頭或是貝殼，他都喜歡！

「鈴！世界基石！」

元素精靈突然發出驚呼聲，一窩蜂地衝上前打量。

「鈴鈴！是世界基石！碎片！」

「鈴！碎片，空間，養大！鈴鈴！」

知道這是珍貴的世界基石的碎片後，晏笙便將它交給元素精靈，讓他們將世界基石的碎片「種」入空間，以空間作為滋養的大地，將這塊碎片慢慢養育得完整。

在這過程中，世界基石的碎片也會回饋能量給空間，獲得世界基石能量的空間將會變得更加堅固，讓外人更加不容易入侵。

將碎片養育成完整的世界基石需要花費漫長的時間和大量資源，也許晏笙終其一生都沒辦法讓碎片恢復，但是至少，他已經獲得珍貴的碎片了，就算他沒辦法讓碎片恢復，可是等他死後，元素精靈們也可以繼續這項工程，這樣一來，元素精靈們就能夠擁有一個專屬於他們的小世界了。

退出空間後，晏笙耳邊響起通訊器的提醒聲響以及橘糰的叫嚷聲。

「咪嗚！晏笙、晏笙！你身上怎麼會有生命靈液的殘留能量？那可是對修煉很有幫助，還能夠滋養和修復靈魂的好東西喵！」橘糰窩在他懷裡，興奮地說道。

「我……」

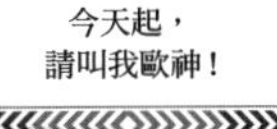

「咪嗚！永生花！你竟然有永生花！」橘糰又叫了起來。

「永生花是什麼？」晏笙納悶地反問。

「咪嗚！就是你手上抓的珍貴植物啊！」

經過橘糰的提醒，晏笙這才發現，他手裡抓著一把像是稻穗花的雜草……不，是永生花。

永生花一共兩株，一大一小、一粗一細，應該是他先前痛得滿地打滾時，無意間抓在手裡的。

「咪嗚咪嗚！太好了！我這就將它放到架上去賣！賣掉一株你就可以升級了！」

這樣的永生花，在他的空間裡還有一大片，是小海豚搬家時一同搬遷過來的。

「永生花真的有那麼神奇？能讓人起死回生？」晏笙好奇地對它進行鑑定。

鑑定結果是，這永生花確實有強大的藥效和能量，能夠修復受損身體、強化細胞活性，但是它並沒有起死回生的功效。

「咪嗚，沒有、沒有，不能起死回生，它是很好的藥材，可以滋養靈魂、強健身體，也可以讓重傷的人保住最後一口氣，得到救援的機會，不過要是救援時間拖得太久，會死的人還是會死……」橘糰說明永生花的功效後，又笑嘻嘻地說道：「永生花一株可以賣到五百萬星幣喔！你手裡有兩株永生花，而且是連根部都完整存在的，存活機率大，可以重新種植，賣價會更高！」

「售價大概是多少？」

「咪嗚～～過往的歷史售價是一株永生花一千七百萬星幣，那株永生花比你手上的還要脆弱，已經呈現半枯萎狀態，換成晏笙手裡的永生花，定價可以再上加八百萬到一千三百萬！咪嗚！」

停頓一下，橘糰又道：「大的這株永生花，已經出現分株，可以當成一株半或是兩株販售，價格可以更高！咪嗚！晏笙，我們可以賺大錢了！」

晏笙沉吟一下，說道：「這兩株永生花，小的這株就按照你說的價格販賣，大的這株用拍賣方式販售，底價兩千五百萬起跳，時限一天，記得打廣告。」

「咪嗚！沒問題！」

橘糰接手了永生花，興匆匆地鑽進萬宇商城空間，著手進行販賣事宜。

廣告一打出，小株的永生花瞬間出售，大株的永生花價格一下子就飆升到四千萬星幣，目前還在持續上漲中。

晏笙只看了一眼就沒再關注，他現在比較在意的是晉升四級會員之後會增加什麼東西？

三級就像是一座分水嶺，一級到三級的福利並不多，而且各項收費都相當高，就拿交易時的手續費舉例，一級的手續費會抽取百分之三十、二級會抽取百分之二十八、三級抽取百分之二十五，而到了四級時，這手續費的稅額驟降，變成只抽取百分之二十。

另外，三級以前的成員想要推廣商品，是需要付費打廣告的，可是到了四級之後，一年會有三次的「區域免費廣告」的額度。

注意，是區域，而不是全域。

區域是指賣家所在的星域或是星系，而全域是萬宇商城所遍布的各個星際宇宙。

晏笙這才想起以往橘糰幫他打廣告，都是全域推廣的。

他好奇地查找全域推廣的金額，赫然發現，全域推廣的費用一次竟然要五億五千萬星幣！而且這廣告只會在網頁上存在兩小時！

晏笙瞬間淌下幾滴冷汗，暗暗慶幸他享有一年的免費額度，不需要支付這麼龐大的費用。

也是在這時，晏笙才發現，免除各項費用一年是多麼龐大的好處！

除此之外，升上四級後，商店的商品欄位增加五個，購買商城的商品可以享有八折折扣，每年還可以領取三十張白銀抽獎券，並享有一年五次的免費救助額度……

除此之外，店裡還多了一個店員機器人，它可以在店長不在時幫忙整理貨物、上架商品、跟客戶進行基本的交易，以及檢驗貨物和自動從倉庫補貨……

這功能似乎跟橘糰一樣？

「咪嗚！才不一樣呢！店員機器人只是最低等的智能機器人，橘糰比它聰明好多好多！」

橘糰炸毛抗議，不喜歡晏笙將牠列入低等智能的行列，牠可是高等智能！高等！

「橘糰會寫商品介紹，它不會；橘糰會跟客人討價還價，它不會；橘糰可以幫晏笙規劃最好的經營策略，它不會；橘糰可以幫晏笙找合適的客人，它不會；橘糰還可以幫晏笙布置店舖……」

「好、好，是我錯了，我們家橘糰最棒了。」

晏笙連忙抱起橘糰，又是親又是順毛又是按摩的，這才讓橘糰消了氣，在他的胸口軟成一塊貓餅。

「咪嗚～～每一次晉級，店長都會拿到一個恭喜晉級的晉級禮包跟抽獎券

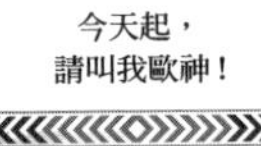

喔！另外，因為晏笙還不到一年就晉級了，商城會給晉級快速的店長額外的獎勵，送了一個豪華禮包和五張金色抽獎券，東西已經在信箱裡面了。」

晏笙點開商城信箱一看，果然看見一個造型樸素的晉級禮包、一個包裝華麗的大禮包，以及十張銀色抽獎券和五張金色抽獎券。

「金色抽獎券比銀色高級？」

晏笙以前拿到的抽獎券都是銀色，這還是第一次看見金色。

「咪嗚～～抽獎券分成白銀抽獎券、黃金抽獎券和星辰抽獎券，白銀抽獎券其實就是普通的抽獎券，抽到的物品百分之九十都是白銀級以下的物品；黃金抽獎券的抽獎範圍是白銀級到鉑金級，但是會有百分之三十的機率抽到低階物品；星辰級抽獎券的範圍是鉑金級、鑽石級和燦星級，但是會有百分之二十的機率抽到低階物品。」

「這些抽獎券除了晉級之外，還有其他管道可以獲得嗎？」晏笙詢問道。

「咪嗚～～單獨一筆交易的金額達到一百萬星幣可以得到一張白銀抽獎券，單獨一筆交易的金額達到一千萬星幣可以得到一張黃金抽獎券，單獨一筆交易的金額達到一億星幣可以得到一張星辰抽獎券，另外完成商城發布的任務也能獲得抽獎券……」

橘糰替晏笙開啟了商城的任務公告頁面，上面的任務有十個等級，一星級到九星級，以及特級任務。

一星級任務最低等，九星級任務的難度最高，特級屬於商城發布的團體任務，通常都是為某個位面或是星際宇宙供應大量且長期的物資，不是個人可以完成的任務。

「咪嗚～～任務等級一星到三星都是拿白銀抽獎券，一星一張、二星兩張、三星三張；四星到六星是黃金抽獎券，四星兩張、五星四張、六星六張；七星到九星是星辰抽獎券，七星三張、八星六張、九星九張，特級任務要看發布者怎麼安排，抽獎券數量不一定……」

「一定要單筆滿額？累計不行嗎？」晏笙心想，要真是這樣，能達到目標的人應該不多。

「咪嗚～～要是單筆交易達到十二萬，也可以拿到一片白銀抽獎券的碎片，十張碎片可以組合成一張白銀抽獎券。」

累計的方式需要一百二十萬才能兌換到一張白銀抽獎券，這樣的設定一方面是給那些只能進行小額交易的會員擁有抽獎券的機會，而又不會損害到單筆百萬交易額的會員利益，另一方面也是在激勵會員努力擴展生意，朝著單筆百萬交易的目標前進。

「另外，三十張白銀抽獎券可以合成一張黃金抽獎券，十張黃金抽獎券可以合成一張星辰抽獎券，咪嗚！」

「咦？有碎片？那我也應該有？」晏笙記得他有好幾筆交易都是達到十萬額度的。

「咪嗚！晏笙也有碎片喔！都在信箱裡了。」

晏笙點開信箱頁面，卻只看到顧客的訊息，沒看到抽獎券。

「咪嗚，信箱右上角有一個『商城訊息』的頁面標籤，點進去就可以看到啦！」

晏笙點進去後，才從一堆商城訊息中找到他的抽獎券碎片。

這就像是在信箱的廣告夾裡面找信件一樣，相當難找！

晏笙深深懷疑，商城會不會是故意做這樣的設計，將碎片的信函藏在一堆廣告裡頭，讓人找不到碎片，就沒辦法合成碎片去抽獎。

晏笙將碎片合成起來，發現數量竟然有三十幾張，讓他慶幸自己之前並沒有發現商城訊息的頁面，不然按照他的習慣，他一定是直接「一鍵清空」，連看都不看。

將抽獎券收起，晏笙開始瀏覽任務公告頁面，他發現上面的任務都是由商城會員發布的，內容五花八門，大多是缺了某樣物品請求幫忙尋找或採買的，也有一些是請求合作的，還有一些是遇到困難請求給出解決辦法的……

「橘糰，幫我篩選我可以接洽的任務。」

「咪嗚～～篩選中，請稍等……」

「找到了，一共五十三件任務！」

晏笙點開一看，發現這些都是求購任務，委託者需要生命靈液、能量果實、黃金樹樹葉、永生花、蘑希金、綠枯毛等物，都是他空間裡擁有的東西。

鑑於晏笙擁有的數量也不多，他讓橘糰挑選委託者的信用評價高、給出的任務報酬又豐厚的任務回覆，才完成九個任務，口袋就進帳了三億七千萬星幣，比他過往賺到的星幣還要多出好幾十倍！

「果然要找稀有物販賣，才能賺大錢啊……」晏笙感慨道。

「咪嗚～～晏笙的運氣這麼好，絕對可以找到好多好多稀罕商品的！」橘糰對他相當有信心。

晏笙摸了摸牠的腦袋，笑而不語。

稀罕物雖然價值高，伴隨著的風險也高，這條生命得之不易，他寧可賺少一點，平安過日子就好。

當晏笙返回營地時，所有人都醒來了。

「你跑哪裡去啦？我早上起床時找不到你。」阿奇納關心地詢問，「咦？你身上怎麼有一股香味？挺好聞的。」

他湊近晏笙，在他的臉龐聞了聞，又露出困惑神色。

「不是肉味，可是好奇怪，聞到這個氣味的時候，我突然覺得好餓。」

晏笙想起他之前喝下的池水，心念一動，從空間裡取出一瓶。

「是這個氣味嗎？」

「對，聞起來真香！」阿奇納摸著肚子，滿臉垂涎地看著瓶子，「這是什麼水啊？」

「聽說是生命靈液。」

晏笙說了他掉進裂縫，跑去另一個空間的事情，但是他沒說小海豚搬家到他的空間裡，只說自己在那個奇特的空間拿了一些東西，就被空間踢出來了。

他待在那個空間裡時，橘糰和天選者系統都是被遮罩的狀態，沒人知道他在裡頭發生了什麼事，再加上他雖然在裡頭待了不少時間，但是空間和外面的時間流速並不相同，在外界，他其實只是消失了幾分鐘而已。

考慮到小海豚和那個空間的奇特，晏笙決定將這件事情隱瞞下來，以免引來不必要的麻煩。

「我裝了不少瓶，等一下我們分一分吧！大家都有。」晏笙將手裡的瓶子塞到阿奇納手中。

他向來不是吃獨食的人，有好東西就想跟好朋友分享。

「生命靈液！這可是好東西啊！」達格利什湊了過來，激動得眼眶泛紅，「可以賣一些給我嗎？有了這個，布奇麗朵的翅膀也許有可能長好！」

布奇麗朵的身體是有缺陷的，翅膀發育不全，眼部的圖騰紋也只有一半，他們都很擔心布奇麗朵的健康，畢竟以往聽說過的「無天賦者」，壽命都很短暫，有的甚至在成年幾年後就死去。

「我們詢問過許多部落的智者，想知道布奇麗朵的問題有沒有解決的辦法。」達格利什抹了把臉，「那些智者都說，像布奇麗朵這樣的無天賦者，是因為體內的傳承不完全，要是能夠把傳承修復完整，應該有機會恢復正常，就算不能跟一般人一樣，至少不用擔心壽命問題……」

要讓傳承修復完全，首要就是強化布奇麗朵體內的生命能量，可是生命能量並不是隨隨便便一種補給品就能供應的，需要純粹的生命精華，而這類的東西通常具有修復、再生和延長壽命的功效，等於給人一條新的生命，在星際間屬於稀罕而高價的搶手貨，他們根本買不到！

「布奇麗朵的父親這些年一直在外面找尋，不過都沒有收穫。」

卻沒想到，晏笙竟然會這麼誤打誤撞地得到了！

「只要生命靈液就夠了嗎？需不需要其他東西？」

關係到布奇麗朵的生命，晏笙自然不會吝嗇。

除了生命靈液之外，他還將黃金樹葉、永生花以及那個空間裡頭的果實都拿了出來，供達格利什挑選。

「你看看，這幾樣需不需要？」

「這些是什麼？」達格利什迷惘地反問。

他又不懂鑑定，只能感知到這些物品上都有著豐沛的生命能量。

晏笙逐一介紹了這些東西的名稱和功效，達格利什他們聽得一頭霧水，而直播間的觀眾卻是激動得嗷嗷叫。

——天啊天啊！我竟然看到傳說中的生命靈液、黃金樹葉和永生花！我要把

影像錄製下來當成傳家寶！︹激動︺

——好羨慕！我也想要！我想要吃水晶果！︹流口水︺

——不愧是幸運星，隨便摔一跤就能得到這麼珍貴、只存在於傳說中的東西！

——忌妒使我面目全非！我想去打劫！︹血淋淋的四十米長刀︺

——打什麼劫啊！跟那些小崽子聯繫，讓他們跟晏笙買就行了啊！︹挖鼻孔︺

——買、買不起啊！那麼珍貴的東西，就算押上我全部的身家都買不起！嚶嚶嚶……

——反正他也不知道價格，隨便唬他一下……

——你是不是忘了，小晏笙有萬宇商城系統？人家是可以調查價格的！︹鄙視︺

——嘖！要我說，直接搶了就行了！他又不是星際公民，一個沒有身分的黑戶，怕什麼？

——不過是一個走運的低等文明種族，我就不信他敢反抗！

——臥槽！都什麼時代了竟然還有種族歧視？

——呵呵，發言還隱匿身分，是怕被人查出來什麼嗎？

——看小晏笙的態度，他是想跟小夥伴們分享些東西的，沒有將它們拿去賣的想法，這孩子真好！

——怎麼會有這麼甜又這麼好的小可愛！粉了粉了！〔愛心〕〔愛心〕

——呵，我看那些匿名的人肯定忘記我們百嵐聯盟為什麼成立了。

——要是當初的先祖們知道自己的後代竟然也成為種族歧視者，肯定會恨不得將這些混蛋掐死！

——我覺得應該查一查那些匿名者的身分，說不定是其他星域的人跑來搞破壞的。

百嵐聯盟的部落以前就是屬於被欺負的「下等種族」，被獵殺、被抓捕、被迫成為奴隸，甚至是變成某些種族的食物！

也是因為這樣，部落的先祖們才會成立百嵐聯盟，希望將弱小的眾人聯合起來，共同對抗那些強大的敵人。

——**「塔圖大長老」贈送晏笙五百發金幣煙火，並留言：晏笙小崽子是塔圖的貴賓！誰敢欺負小晏笙，就是跟塔圖作對！**

——「奧莉亞公主」贈送晏笙五十場流星雨，並留言：看見我們大長老說的話了吧！誰要是敢對小晏笙不利，就是我們塔圖一族的敵人！

——「阿奇納的阿媽」贈送阿奇納二十場流星雨，並留言：崽子啊，要保護好你的小夥伴啊！誰敢對小晏笙出手就剁了他！

——「美比亞菲大祭司」贈送晏笙一百場流星雨，並留言：晏笙是我們的榮譽長老！

——「瑪迦桑族長」贈送晏笙五百發金幣煙火，並留言：誰敢對我們的榮譽長老不利！

——「普羅頓斯族長」贈送晏笙兩百發金幣煙火，並留言：小晏笙可是我族的貴賓！

一些人才剛冒頭的邪念，瞬間被一個個現身的大人物們掐滅了。

對此，絕大多數的觀眾都是表示支持的。

挑撥是非的人銷聲匿跡了，而一部分想要採購晏笙那些寶貝的人，則是透過不同的管道聯繫阿奇納和達格利什，希望他們可以幫忙「代購」。

阿奇納和達格利什自然轉達了，但也說明了他們能夠付的錢並不多，要是採購金額跟晏笙在商城販賣的數額相差太遠，晏笙可以拒絕。

「說實話……你們的開價跟我賣的價格確實差得很遠，幾乎快要十倍的差距。」

晏笙也沒有遮掩，直接將店鋪的交易金額給他們看了。

看到光幕上的顯示，阿奇納和達格利什面露羞愧。

「不過之前我就說了，這些東西是要給你們的，你們想要怎麼處理都可以。」

晏笙將生命靈液和黃金樹葉等物分為六等份，就連大寶、二寶和小寶他們都有一份。

「因為布奇麗朵需要生命靈液，所以我將其他東西都換成生命靈液給她……還是小布想要其他東西？」

「這樣就夠了。」布奇麗朵輕輕地搖頭，眼眶泛紅地說道。

「啾嘰！布奇姐姐要是不夠的話，大寶的可以給姐姐！」大寶挺著小胸膛說道。

「嘰啾！二寶的，也給姐姐噠！啾啾！」

「嘰一，小寶，也，給漂釀姐姐……啾一！」

「……謝謝，謝謝你們。」布奇麗朵感動地抱住三隻小崽子，身體微微發顫。

她原以為，自己這一輩子就這樣了，沒想到會有轉機出現！

她也能夠變成正常人了！

「如果有其他欠缺的東西也可以跟我說，我可以在商城找找看。」晏笙對達格利什說道。

達格利什道謝一聲，又道：「其實我們也不清楚什麼東西才有用，生命靈液只是我們猜想最有可能幫助布奇麗朵的東西，而且我們也不確定用量需要多少……」

「這些你們先拿去吧！」阿奇納把他那一份也給了達格利什。

生命靈液雖然很珍貴，但是對阿奇納來說也只是錦上添花，有或者沒有都不是很重要。

晏笙想了想，又從空間裡取出一個五百毫升的大瓶子。

「這些也給你們。」

雖然他可以從空間裡的泉水中汲取更多，可是元素精靈告訴他，布奇麗朵不需要用到那麼多的生命靈液，他供應的這些已經綽綽有餘。

不過為了保險起見，晏笙還是多給了一些。

元素精靈告訴晏笙，布奇麗朵這種狀態類似於「先天性營養不良」，因為在母體中吸收的能量不夠，獲得的傳承才會只有一部分，只要能量補充好了，傳承就會慢慢完整，要是運氣好，她還能夠擁有兩種傳承，屆時她會變得相當強大。

運氣這種東西，晏笙向來不缺。

他抬手摸上布奇麗朵的腦袋，溫聲道：「我把好運跟妳分享，祝福妳一切順利，祝福妳身體健康。」

在晏笙由衷的祝願下，布奇麗朵身上籠罩了一圈金色光暈，光芒閃爍幾下後沒入她的體內。

布奇麗朵沒注意到光芒，只覺得身體有暖流流淌，讓她覺得很舒服。

「……」旁觀的達格利什則是張口結舌地瞪大雙眼。

「走！趁著祝福的效果還沒消失，我們馬上回去！」

他心急地抱著布奇麗朵就要離開，希望能趕在祝福消失之前讓布奇麗朵完成儀式。

「晏笙，謝了，以後有事儘管找我！」

丟下這句承諾，達格利什跟布奇麗朵就離開了。

第二章
永望島的邀請卡

送走達格利什他們後，為了減輕大寶他們低迷的情緒，晏笙將先前拿到的抽獎券拿出來給大家玩。

「來，大家來抽獎，試試手氣。」

晏笙跟他們說了幾種抽獎券的差異，之後便將抽獎券放在桌上，讓他們任意拿取。

「我的運氣不好，玩白銀的就好了。」阿奇納笑呵呵地拿起一張白銀抽獎券，「怎麼抽？」

「撕開就行了。」晏笙拿起一張白銀抽獎券示範。

他將抽獎券從中間撕開，抽獎券發出光芒，而後一張抽獎券消失了，光芒凝聚成一包物品出現在他手上。

「咪嗚！是白銀級的星星果凍！它富含各種營養成分和溫和的能量，適合各個種族的幼崽食用，很多幼崽都很喜歡吃喔！」橘糰甩著尾巴介紹道。

星星果凍約莫雞蛋大小，袋子裡頭只有五顆果凍，正好他們一人一顆。

阿奇納學著晏笙的動作，也跟著撕了一張白銀抽獎券。

抽到的物品是青銅級的植物肥料。

阿奇納見怪不怪地撇了撇嘴，將肥料遞給晏笙。

他的運氣向來這樣，早就習慣了。

大寶他們幾個也陸續抽出各種物品，可以吃的食物、糕點他們就自己收著，其餘的都遞給晏笙讓他拿去賣。

他們四個人一人平均抽了十幾張，大寶三個的運氣有好有壞，而晏笙抽到的都是白銀級的，相較於他，阿奇納抽到的都是最低等的青銅級物品。

白銀抽獎券抽完了，緊接著輪到的就是黃金抽獎券。

晏笙想將抽獎券分給幾人，卻被拒絕了。

「這麼珍貴的東西你自己抽就好，我們抽白銀的體驗一下就夠了。」

阿奇納事後得知白銀和黃金抽獎券所需要的交易額後，頓時心疼得不得了，恨不得時光倒流，將他抽的那幾張抽獎券全讓晏笙抽了。

「沒事，運氣不好也只是抽出來的東西有差別而已，又不是抽不好就什麼都沒有了，還是有保底的獎勵……」

晏笙雖然珍惜這些抽獎券，卻也不會將它們看成多麼重要的東西，抽獎券只是收集上有難度而已，又不是以後永遠得不到了。

「不、不，這種拚運氣的東西對我來說壓力太大，我不抽！」阿奇納開玩笑地縮了縮脖子，做出害怕的模樣。

要換成是他自己的東西，浪費再多他都不會在意，可是這是晏笙的抽獎券，他就捨不得了。

「啾嘰！大寶抽過了，小爸抽！」大寶拍動翅膀，很是大氣地說道。

「嘰啾！二寶不想抽了，小爸抽！啾啾！」

「嘰一，小寶，給小爸抽，啾一！」

崽子們跟阿奇納一樣，都拒絕了。

晏笙無奈地笑笑，順手就將五張黃金抽獎券抽了。

他抽中了一件燦星級的護符（防護用品），一張永望島的邀請卡，兩枚命運金幣，一個微型交易站。

永望島的邀請卡上寫著，拿到這張邀請卡的人可以在永望島免費遊玩一個月，並且可以帶一名親友同行。

「……不是說命運金幣很少見的嗎？」晏笙看著三星和六星的命運金幣，加上他以前意外獲得的，他就已經拿到三枚了。

不到一年的時間，拿到三枚命運金幣，這運氣還真不是一般地好。

「奧莉亞姐姐還要金幣嗎？」晏笙詢問道。

「要！」阿奇納猛點頭，他已經接到阿姐的傳訊了，「阿姐說她要三星的。」

六星的等級太高，她和她的團隊還去不了。

「阿姐說，既然我們抽到永望島的邀請卡，到時候她就帶我們一起過去！」阿奇納興奮得雙眼發亮。

「好啊！」晏笙愉快地點頭答應，又問：「那六星命運金幣呢？你有朋友或是族人想要嗎？如果沒人要，我就丟上商城去賣了。」

「有有有！百嵐、呃，部落要！」突兀改口的阿奇納差點咬到自己的舌頭。

六星的等級相當高，能夠獲得的資源相當多，這已經不是一個部落可以吞下的東西了，經過百嵐高層的緊急商議，決定各部落都派出幾名精英，組團去探索。

六星的命運金幣值得百嵐出動這樣的精英團隊。

晏笙不知道的是，百嵐聯盟已經決定，等到晏笙去了永望島，要是在邀請期限結束時還願意返回次元星域，沒有留在永望島或是接受其他文明種族的招攬的話，他的天選者考核就算滿分通過，提前成為百嵐聯盟的正式公民。

百嵐聯盟跟永望島相比，就像是偏遠鄉下和國際大城市的區別，以晏笙的運氣和本事，他在那裡肯定會遇見其他文明星域的招攬者，如果他見識過那些繁華還願意回到次元星域，就代表他對百嵐是真的有感情的，這樣的話，百嵐也願意為他破例，不再侷限於規章辦事。

晏笙成為天選者後，帶給百嵐的好處實在是太多了，再不給對方一個正式的身分，他們自己也會覺得羞慚。

如果晏笙接受了那些招攬，不願意回歸了，百嵐也不會阻攔，只能說百嵐與他有緣無分。

換成是他們，受到高等文明的招攬，要說不心動是絕對不可能的，百嵐聯盟中也有不少天才和精英戰士因此離開的。

對於那些離開的人，百嵐聯盟並不怨恨，因為那些人也是為了百嵐和部落更好才會離開的，他們接受那些大勢力的招攬，強大自己，還會將多餘的資源儲存下來，寄回給部落使用，反哺自己的族人。

百嵐無法供應他們更好的資源，只能讓這些天才去其他地方受人驅使，這是百嵐聯盟所有人的遺憾，他們期望，有一天，百嵐也能強大起來，讓這些天才不需要再賣身到外地。

晏笙獲得的六星命運金幣，讓百嵐聯盟看到了希望。

阿奇納跟阿姐約定好時間，等他們從哈利多部落收購貨物後，他們會送崽子們回學校，屆時奧莉亞可以在部落傳送點等他們。

晏笙還想將微型交易站設置在他在百嵐城服務中心所租賃的大型倉庫。

這個微型交易站具有檢驗貨物、鑑定、交易和傳輸功能，也就是說，這是一間跟晏笙的商店聯通的小分店，晏笙在萬宇商城商店的商品可以透過這個微型交易站進行買賣，而微型交易站所收購的物品也能自動傳輸到店鋪的倉庫或是商品架上。

這東西正符合晏笙的需要，讓他免去兩地來回奔波的困擾。

只要將微型交易站安放在大型倉庫裡頭，老船長以及跟晏笙簽訂長期交易的合作對象就可以直接帶著貨物到倉庫，並透過交易站進行賣貨收款的動作，不需要晏笙再特地跑一趟。

晏笙唯一要做的事情就是設定好收購價和出購價，以及收購貨物的底限，不然微型交易站很可能將他帳上所有的星幣都拿來採買商品了。

設定好微型交易站後，晏笙又將交易站的消息發給合作的老船長等人，讓他們以後不用特地通知他，只要挑他們有空的時間過去就行了。

忙完這一切，晏笙才和阿奇納去跟奧莉亞會合，前往那個傳說中的永望島。

永望島是一座飄浮在虛空中的大片陸地。

永望島上的景觀看起來很有夢幻感，有繽紛多彩的彩葉樹木、籠罩著淡紫色

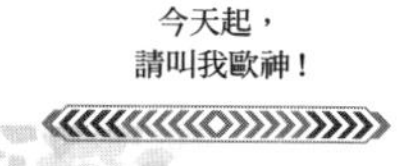

霧氣的湖泊、井然有序的街道、整潔而造型奇特的建築物群、形狀各異的各種神奇生物……

晏笙的鑑定之眼在來到永望島就罷工了，不管是那光潔如黑色金屬的街道地磚或是街邊欣欣向榮的花花草草，在他的鑑定之眼中全都是一連串的問號。

他甚至連路邊的行人椅都鑑定不出來！

「我還以為我的鑑定很高級，現在我才知道我就是個渣……」晏笙轉頭趴在阿奇納肩膀上嚶嚶地假哭。

「呃、其實你還是很厲害的，嗯……以後會更厲害。」阿奇納尷尬地安慰小夥伴，還抬手輕輕拍了拍他的腦袋，學習著阿母誇獎他的動作。

「……其實你沒有安慰過人對吧？」晏笙調侃地戳了戳他。

「我那些小夥伴都不是這樣……嚶嚶嚶。」阿奇納學著晏笙的假哭，「他們都是大吃一頓心情就好了。」

塔圖人向來就是心大、粗神經的戰士，有什麼不愉快或是不爽的，吃一頓或是打一頓就行了，沒那麼多憂愁善感的心思。

「聽說永望島上的東西都是那位大人培育的產物，用的都是高級材料，鑑定不出來很正常。」奧莉亞笑著說明道：「所以在永望島上，第一個規定就是不能夠破壞或是偷竊永望島上的東西，一旦被發現違規，最輕的處罰就是列為拒絕往來戶，嚴重的話就是死刑……連靈魂都被滅殺的那種死亡。」

害怕晏笙不清楚其中的嚴重性，奧莉亞特別補充最後一句。

「阿姐放心，我很愛惜物品的！」晏笙乖巧地點頭。

「小晏笙，真可愛。」奧莉亞笑咪咪地摸了摸他的腦袋。

「也要小心來這裡的外族人。」另一名塔圖青年補充說道：「有些文明星域的人很蠻橫，都會欺負人，我們的小阿奇納之前就被欺負了。」

想起上次的遭遇，阿奇納扁了扁嘴，「等我長大了，我會比那個人還要厲害！」

「對對對！我們的小王子可是最厲害的小幼崽……」塔圖青年大笑著誇獎。

「這裡不是有管理秩序的人嗎？他們不怕被趕出去？」晏笙皺著眉頭反問。

好不容易來永望島一趟，他還想到處逛逛玩玩呢！要是出門的時候遇到那些人怎麼辦？

「那也要他們能夠及時趕到啊！要是巡邏隊來的時候你已經被殺了呢？就算那些人被趕出去你也死了啊！傻呼呼。」阿奇納揉亂他的頭髮。

「你也不用太擔心，這裡大多數的人都還不錯，你只要不招惹他們，他們都不會對你怎麼樣。」奧莉亞安撫道：「況且你有永望島的邀請卡，是被邀請過來的客人，等一下我帶你們去『大廳』進行登記，拿到永望島的貴賓牌後，那些人也不敢找你們麻煩。」

永望島的「大廳」是一座巨石山，山壁上刻著「永望大廳」四個大字。

「永望大廳負責永望島的一切事務，所有想要進入永望島的人都需要在這裡進行身分登記，領取臨時居留證。」

奧莉亞一邊解說、一邊領著他們來到一片瀑布前。

「水幕是出入口，大廳這裡有很多這樣的水幕，不同的水幕進入的方向不同，不過位置都是在大廳。」

跟真實的瀑布不同的是，這片瀑布是透明的，站在外面可以隱隱約約看到裡頭穿行的人影，就像是下雨的時候，雨水在玻璃窗上流淌的模樣。

奧莉亞領在前頭進入，晏笙和阿奇納隨後，其他塔圖人走在最後面，以護衛的姿態保護兩名幼崽。

穿過水幕時，晏笙感受到清涼卻不凍人的涼意從頭頂落下，讓人精神一振、神智清明，然而通過水幕後，晏笙發現，身上並沒有半點濕意，好像那面水幕是幻影一樣。

大廳裡頭很寬敞，地面是柔軟的草地，櫃台、待客用的桌椅和各種擺設大多是石塊砌成的。

雖然都是石頭，但是這裡的石頭樣式五花八門，還有著各種天然形成的花樣和顏色，猶如是大自然巧奪天工的產物，好看得就像是藝術品一樣。

奧莉亞領著他們走向一群小石頭人，小石頭人是由大大小小的石塊組成，高度只到晏笙的腰部高，小石頭人所在區域的前方插著幾根兩公尺高的大旗幟，旗幟上面分別寫著「臨時居留」、「申訴」、「交易」、「詢問」等字樣，每根旗幟的顏色都不相同。

奧莉亞帶著他們站在「臨時居留」的旗幟面前。

他們剛站定，就有一個小石頭人蹦蹦跳跳地走來，它拿著跟大旗幟顏色一樣的小旗子，在他們面前晃了晃，示意他們跟它走。

小石頭人的樣貌模糊，但是身型看著像小孩子，走路蹦蹦跳跳的，很是活潑的模樣。

因為大寶三個幼崽的關係，晏笙對小孩子很有好感，在小石頭人領著他們抵達服務櫃台後，從空間裡取出兩個小袋子。

「謝謝你，這是糖果跟礦石，不曉得你喜不喜歡？」

據晏笙的了解，大多數種族幼崽都喜歡吃甜食，而礦石是因為對方是小石頭人，晏笙猜想，也許對方的食物是礦石？

小石頭人晃了晃腦袋，嘴巴一張一合，發出「咚咚咚」的聲音，抬手將禮物接過，而後又蹦蹦跳跳地跑走了。

「嗤！不知道是從哪個落後文明出來的土渣子，竟然想用那麼廉價的東西賄賂石頭人？」

旁邊櫃台傳來嗤笑聲，說話者穿著一身華麗的衣裳，衣服上還鑲嵌著各種能量寶石，一看就知道造價不菲。

對方的外型跟人類相似，深紫近黑的髮色，酒紅色眼瞳，頭上長著一對彎彎的紅色犄角，外表看似十五、六歲的少年。

少年身後還跟著三名看似保鏢的人物，以及一名如同管家的中年人，他們的頭上同樣長著角，只是角的數量和形狀略有不同。

晏笙淡淡地掃了對方一眼就沒再理睬。

這裡可是永望島大廳，他可不想在進入永望島前給這裡的人留下不好的印象。

「喂！你……」

少年見晏笙竟然這麼忽視自己，憤怒得臉都漲紅了，要是換成在他們黑魔星域，敢這麼藐視他的人都會被打個半死！

「您好，我們得到永望島的邀請卡過來，在這裡暫住一個月。」

少年還沒出口的罵聲被奧莉亞打斷，奧莉亞從對方的裝扮和外表猜出少年的來歷，連忙將晏笙和阿奇納推到櫃台前，並抬出「永望島的邀請」名義來壓制對方。

星際中，驍勇善戰的種族不少，少年所屬的黑魔星域也是一個強大的戰鬥種族，再加上他們的修煉方式奇特，受到的傷害越多就越是強大，在戰場上有「不死魔神」的兇名，真跟對方打起來，塔圖和百嵐是處於弱勢的。

但是在永望島面前，黑魔星域還是需要退讓幾分，不敢對晏笙他們做什麼。

果然，就像奧莉亞的猜想，當晏笙拿出邀請卡時，那名少年即使臉上還帶著怒氣，氣燄卻已經降下，只是嘴裡嘀咕幾句「好運的土渣子」、「誰知道那邀請卡怎麼來的」這類的酸話。

櫃台服務人員是三米高的樹人，他的態度很平淡，像是沒有察覺到少年與晏笙的衝突。

樹人面無表情地接過邀請卡，又拿出某種測試用的晶石檢測，確定邀請卡無誤後，讓晏笙和阿奇納走進旁邊的光柱。

當晏笙和阿奇納穿過光柱走出時，他們在永望島的臨時居留證也完成了。證件是綠色手環形狀，上面有永望島的標誌。

緊接在晏笙他們後頭，奧莉亞他們也陸續通過光柱，拿到他們的居留證。

他們的手環是白色的，跟晏笙他們的顏色不同。

手環的顏色是永望島上識別身分的方法，白色是像奧莉亞他們這樣的外來戶，黃色是永望島居民，綠色、藍色和紫色是不同等級的永望島貴賓，紅色是永望島巡邏隊和基層職員，黑色是管理階層。

晏笙他們是最低等級的綠色貴賓，可以在永望島免費吃住一個月，但是吃住的花費也是有一定限額的，不是什麼龍肝鳳髓都可以任意享用。

晏笙詢問過這裡的物價後，覺得這綠色貴賓的開銷額度也是很優渥的，按照他和阿奇納平常的生活水準，一個月後這額度還能剩餘不少。

永望島上開闢了幾處專供外來者暫住的區域，奧莉亞選了他們之前居住的地區。

「哦豁！是你們啊？大家！塔圖來啦！」

「奧莉亞，你們又來啦！歡迎歡迎！」

「阿伯崁，你們還是住之前的地方嗎？」

「這次是來永望島賣東西還是要去墟境的啊？」

「哦豁！多了一個新面孔，這孩子看起來真嬌小，應該不是你們族的吧？」

「來來往往這麼多的外來部落，我還是最喜歡你們塔圖，性格爽朗又不會鬧事，還跟我們一樣勤勞又喜歡訓練，不像某些部落人，驕傲又懶惰，說話都用哼的！哼哼、哼哼哼哼！」

當地居民笑呵呵地向奧莉亞等人打招呼，語氣熟絡得像是在跟朋友、熟悉的晚輩聊天，看得出來，奧莉亞他們在當地居民心底留下很不錯的好印象。

「哈哈哈哥亞亞族的大家，我們又回來啦！有沒有想我啊！」

名為哥亞亞族的當地居民，皮膚像大理石一樣，亮澤的灰白色上還帶著灰色花紋，髮型也很特殊，兩邊剃短，只把中間部分留長，像是莫西干頭，而且是不分男女老少都是這樣的髮型，唯二的差別是中間頭髮的長短不同，以及剃短的兩側有些人會特地弄出紋路一樣的花樣而已。

哥亞亞族個個都是高䠷健美的身材，體格像是職業運動員，全身都有明顯的肌肉線條，不過他們的個頭都不高，身高差不多在一米四到一米六左右，男女都一樣。

「亞羅哈大叔，你好啊！我們這次還是要去墟境啦！」

「哈哈哈我們運氣好，又找到一枚命運金幣！嘿嘿嘿運氣好、運氣好……」

「哦！他們兩個崽子是拿到邀請卡，來這邊玩的……」

「是啊、是啊！我們還是住上次的房子，歡迎你們來找我們玩啊！」

「過幾天我們就要去墟境了，這兩個崽子拜託你們照顧一下，孩子還小，我們實在不放心……」

「他們很乖的，晏笙看起來是瘦弱了一點，不過他很愛學習，他很努力地學技能賺星幣呢！」

「小晏笙他很喜歡崽子，口袋裡裝了好多餅乾糖果要給幼崽吃呢！亞哈花阿嬸、亞檸檸阿嬸，改天帶妳們家的崽子跟他一起玩啊！」

「哈哈哈小晏笙他還收養了三隻小幼崽呢！是啊！崽子養小崽子，可好玩了！那小崽子是鳥族，還是小晏笙孵出來的！幾顆蛋聽說是被放在逃生艙的，好像是那個部落遭遇什麼災難，就把蛋丟出來……」

「是啊，小崽子很可憐，還好這兩個崽子善良又細心，把他們養得很好……」

「哈哈哈我們也最喜歡你們哥亞亞族了。啥？有時間要找我切磋？有空有空！我現在就有空！來來來，我們到旁邊打一場！」

說話的塔圖人直接拉著對方往旁邊的空地走去，其他人互看一眼，跟奧莉亞打聲招呼後，也跟著追在後面跑了。

反正他們每次過來都是入住哥亞亞族區旁邊的租賃區，只是房子位置有時候會不一樣罷了，不怕會找不到地方。

奧莉亞他們租賃的房子是上次過來時入住的大型院落，開著橘紅色豔麗花朵的花牆充當圍牆，圍住整個院落，裡頭的院子寬敞，居住的房舍共有五棟，每棟房屋都是三層樓式建築，外觀輪廓是八角形，相當別致。

房子的底色是藍色，門框、窗光和邊條裝飾是暖黃色，對比的撞色設計讓房子顯得相當搶眼。

照理說，奧莉亞他們只是在這裡停留兩天，等到物資採買齊全後就要進入墟境了，實在不需要租賃一個月，即使擔心晏笙和阿奇納，也可以讓兩人入住永望島的飯店，那裡不僅高檔舒適，對於顧客的安全照顧也是一等一，不會有人敢找他們麻煩。

只是奧莉亞覺得，飯店雖然好，可是服務人員的態度太過疏遠，相較之下，哥亞亞族對待他們的態度就友善熱情多了。

當然，這也是塔圖族一代代在這裡經營下來的結果。

阿奇納以後成年了，肯定也是要組團出來闖蕩的，而永望島是塔圖和百嵐聯盟都必須經營的重要地點，與其等到那時候再讓他過來接觸這裡的人，還不如現在就先讓阿奇納和哥亞亞族人混熟了，也方便以後的相處。

上一次奧莉亞帶著阿奇納過來時，正好塔圖族有東西要來這裡販賣，有族人關照，但是這次過來永望島的只有他們幾個——百嵐的精英團隊還在商議出行成員名單，還不確定什麼時候才會來這邊，而且就算過來了，他們也不一定會住在這裡——等奧莉亞他們走後，晏笙和阿奇納就真的要「自食其力」了。

就如同每個放手讓孩子獨立的家長一樣，奧莉亞同樣對兩人有著擔心，不是擔心他們跟哥亞亞族處不好，在跟人相處互動上，奧莉亞很相信這兩個崽子的魅力，她只是擔心他們會被騙、被欺負……

奧莉亞不清楚永望島對於貴賓的保護力度有多大，畢竟晏笙他們只是最低等級的綠色貴賓，也許這層貴賓身分只是讓其他人知道不能做得太過火，不能傷及性命，那麼騙點錢財或是「無意間」受點小傷，自然就不在保護範圍裡頭了。

所以接下來的兩天，奧莉亞除了帶他們外出採買物資之外，還領著他們認識熟悉的店家和哥亞亞族的鄰居，並跟兩人說了不少永望島的情況。

就算再怎麼不捨，總是要放手讓幼崽獨立的，奧莉亞並沒有因為晏笙他們更改行程，還是按照原先的安排，在買到足夠的物資後，便領著團隊離開。

臨出發前，晏笙將他抽到的燦星級護符和幾瓶生命靈液給了奧莉亞，奧莉亞收下東西後，給了晏笙一個熱情的擁抱，還親了晏笙臉頰一口，把他弄得面紅耳赤，活像一顆大紅番茄，這才大笑著離開。

墟界通行口那裡太亂了，奧莉亞沒打算讓兩個小傢伙過去，只讓他們乖乖待在家裡，沒讓兩人送行。

等晏笙好不容易冷靜下來，臉色再度恢復正常時，卻發現阿奇納表情古怪、扭扭捏捏地看著他。

「怎麼了？」

「你……該不會喜歡我阿姐吧？」阿奇納很是糾結。

他該不該跟小夥伴說，阿姐在部落裡很受歡迎，但是追求她的人都被她揍了呢？晏笙的小身子可不耐揍啊！

阿姐還對外放話說：她以後的對象一定要比她厲害！

晏笙怎麼可能打得贏阿姐？阿姐一巴掌就能把他打趴下了！

「你在胡說什麼？」晏笙再度漲紅了臉，不過這次並不是因為害羞，「我怎麼可能喜歡她！不，我的意思是，阿姐很好，我確實喜歡她，但是這種喜歡是崇拜、尊敬的喜歡，不是愛情的那種喜歡！」

說得直白一點，奧莉亞就是活成晏笙嚮往中的樣子，強大、好看又帥氣，也因為這樣，晏笙將她當成偶像崇拜。

「我覺得阿姐很瀟灑、很帥氣、很強大，性格也開朗，遇到各種麻煩都可以遊刃有餘地解決，我很羨慕她，很希望自己也能像阿姐那麼厲害……」

「……不可能的，你不可能。」阿奇納連連搖頭，不客氣地否決了小夥伴，「你連我都打不過，怎麼可能像阿姐那麼厲害！」

「……」晏笙突然很想爆打蠢貓。

「我就只是想想，幻想一下，不行嗎？」

「你也只能想想，真要你做你也做不到。」阿奇納很誠實地回道。

「……」晏笙直接甩他一記白眼。

「如果真要找一個崇拜的目標，你還是崇拜我吧！我當你的偶像。」阿奇納挺著胸膛說道。

「……」晏笙瞪大眼睛，很難相信這隻小貓咪竟然如此厚顏無恥！

「你努力一下，說不定有我的四成……」頓了頓，阿奇納又往下調了一些，「三成，不、兩成，嗯……大概有一又四分之一成的厲害。」

「……」晏笙連翻白眼都懶了。

阿奇納的隱藏屬性竟然是自戀嗎？

「這個一又四分之一成厲害是未成年的我喔！」阿奇納怕晏笙過於高估自己，連忙補充說道：「等我成年了，你大概只有我五百分之一厲害了。」

「……」晏笙忍了又忍，終於忍不了了。

「你太過分了！」

他直接撲向阿奇納，試圖用體重壓倒他。

然而，阿奇納卻輕輕鬆鬆地就將他抱住，好像晏笙只是一團棉花似的！

兩人打鬧了一會兒，最後還是嘻嘻哈哈地和好了。

「你、你下次再、再撓我癢癢，我就、我就不理你！」

晏笙氣喘吁吁地趴在客廳地板上，剛才阿奇納竟然使出撓癢癢絕招，讓他笑了老半天，眼淚都笑出來了。

「不能打你又不能撓癢癢，那要怎麼玩耍呢？」阿奇納很是苦惱。

晏笙的體質太弱了，平常阿奇納跟部落同夥玩的摔打遊戲都不能跟晏笙玩，怕一不小心就把晏笙摔得骨折或吐血，要是純粹用體重鎮壓，又怕晏笙被他壓扁，他可是想了很久才想到撓癢癢這個玩法呢！這是部落大人跟剛學會爬和走路的小幼崽玩的遊戲，相當安全的呢！

也幸好晏笙不知道阿奇納這番糾結，要是被他知道，他以為認認真真地打架，在阿奇納眼中就是撓癢癢遊戲，他可真會被氣得吐血了。

「叮叮叮、叮叮叮……」

屋外傳來了電鈴聲以及哥亞亞族孩童的叫喚聲。

「晏笙哥哥、阿奇納哥哥，快出來，我們帶你們出去玩！」

「帶你們去吃好吃的東西喔！」

「還有好玩的！」

小孩們脆嫩、清亮的聲音帶著歡喜，讓人聽了也跟著露出笑意。

奧莉亞他們才出門，這群孩子就跑過來說要帶他們去玩，很明顯是哥亞亞族大人們的示意。

晏笙和阿奇納自然不會拒絕對方的好意。

站在門口的哥亞亞族孩子共計十一個，有男有女，身高都不到一百公分，年紀在七歲到十五歲之間。

年紀最大的帶隊孩子名叫「亞梨花」，是亞哈花阿嬸的女兒。

之前奧莉亞帶他們去的地方都是商家、鍛鍊場、戰鬥擂台和他們常去的廉價餐廳，而哥亞亞族這群孩子則是帶他們跑到孩子們最喜歡的美食區、玩具店、廣場和遊戲廳。

又因為是孩子們聚集的區域，這裡的東西都相當便宜，而且頗具童心。

晏笙喝著五顏六色、很是繽紛燦爛的彩虹果汁，阿奇納拿著一大包烤魚排吃著，哥亞亞族的孩子們手上也拿著各種零食點心，一群人的食物買下來，竟然不到一千星幣，簡直便宜得過分！

「奧莉亞他們應該來這裡買的。」晏笙隨口說道。

他們陪奧莉亞去採購食物時，那間店裡頭賣的肉塊只有掌心那麼大，長寬大約十五公分，這麼小的一塊肉，就要六萬五千星幣！貴死了！

而這邊的烤肉塊，份量更大，也只需要五百星幣，價格相差相當懸殊。

「不一樣，那間店賣的是特殊處理過的星獸肉，能量純淨，還可以滋補伴生武器。」阿奇納回道：「這邊都是賣一般食物，能量少，小孩子吃剛好，大人吃就太少了，而且這裡的食物不能補充伴生武器的能量。」

晏笙這才後知後覺地記起，伴生武器用在打鬥中時，也會有能量耗竭的時候，需要靠使用者補充。

奧莉亞他們買肉的時候，他也對那塊肉做過鑑定，鑑定結果跟阿奇納說的一樣，不過因為他沒有伴生武器，就把滋補伴生武器這一項敘述給忽略了，只想著那是有能量的食物。

「我記得，伴生武器也能夠自行吸收外界能量？」

「是可以吸收。」阿奇納點頭，又補充道：「可是墟界那裡的環境不一樣，伴生武器吸收不了墟界的能量，只能靠帶進去的食物和藥劑補充。」

「原來是這樣……」晏笙點點頭。

他讓橘糰搜尋了跟伴生武器相關的食物，發現這類商品在萬宇商城的賣價很高，他還看見跟奧莉亞買的肉塊一模一樣的食物，商城上的販售價格介於十萬到十五萬區間，比永望島賣得還貴！

為了保險起見，晏笙還特地詢問橘糰，商城上販賣的肉塊跟奧莉亞他們買的是不是一樣的？

橘糰的回答是肯定的。

「咪嗚~~永望島的東西品質好又便宜，相當受歡迎，有些人會特地跑來永望島進貨，轉放在萬宇商城販售喔！晏笙也可以在這裡多買一些商品轉賣。」

永望島的位置特殊，進出的控管又相當嚴格，並不是隨隨便便就能進來的，這也讓永望島的商品因為稀少而水漲船高。

晏笙在心底盤算著，待在永望島的時間，要多找一些跟伴生武器相關的東西來販售，一來是這類物品的價格高，二來是這些東西對阿奇納他們有益，不管是用來買賣或是給阿奇納他們吃都合適。

他打算明天再去奧莉亞介紹的商家進一趟貨，之後再去逛逛那些沒去過的店鋪。

「亞梨花，你們這邊有沒有比較特別的特產？」晏笙好奇地詢問。

「特別的特產？」亞梨花歪著腦袋想了想，「中央廣場那裡的好運泉是最特別的，是那位大人親自設置的喔！外面的人來這裡的時候，一定會去那裡乞求好運，一年只能祈求一次喔！」

「那個好運泉我知道！」阿奇納插嘴附和，「那個好運泉是飄浮在半空的，想要祈求好運的人要去購買祈運石，然後站在泉水旁邊，向泉水祈求運氣，再把祈運石往泉水裡頭丟去，要是好運泉願意賜予好運，就會將泉水灑在祈求的人身上。」

「哦豁！兩位哥哥還沒去祈求好運對吧？好運泉離這裡不遠，坐幾站車就到了，很快地，我帶你們過去！」亞梨花興沖沖地提議道。

不等晏笙他們回應，她馬上招呼其他孩子往好運泉的方向移動，並沒有想過晏笙他們會拒絕。

畢竟每一個來到永望島的人，一定都會去好運泉那裡祈求好運，沒有人會捨得拒絕好運氣。

晏笙用微笑掩飾尷尬，跟著他們坐上免費的公共懸浮車。

其實他詢問亞梨花的問題，是想要購買當地的名產或是特有物品放到萬宇商城上販賣，並不是要找尋永望島的觀光景點。

永望島那些商家，肯定已經被很多商人知曉，貨物也應該流通得很廣泛了，所以晏笙才想從居民所熟悉的市場下手，像是菜市場、地下市場、臨時市集這一類的，或許能夠找到令人驚喜的商品。

第三章
好運泉的幽靈

「亞梨花，你們平常買東西都是去哪裡買？」
車上，晏笙換了一種提問方式，再度詢問亞梨花。
「都在剛才那裡啊！」亞梨花回道。
「除了這裡呢？這邊都是賣零食和玩具，家裡的大人如果要買食物或是其他東西，都是去哪裡買？」
「在部落附近的小市集或是在星網上買。」亞梨花回道。
星網是永望島專屬的系統，具有通訊交流、購物交易、查閱資訊、線上學習等作用，就跟萬宇商城系統和天選者系統差不多。
「我是一個商人，我想要買你們這裡特有的名產去轉賣。」晏笙坦白地說出他的目的。
「哦豁！我知道、我知道，好多商人都是這麼做！」亞梨花猛點頭。
「我知道那些商人都去哪裡喔！」
「我也知道。」
「我可以帶你去商人去的地方！」
「我也可以帶小哥哥去！」
小孩們紛紛毛遂自薦。

「謝謝。不過我並不是想要買那些商人買的東西，我想找的是，只有永望島才有的蔬菜水果、食材、手工藝品、衣服首飾之類，像是你們的媽媽要是做的飯菜好吃，我也想買……」

「哦豁！」

「哦豁！」

「哦豁！」

孩子們發出一連串聲音，而後表情驚恐地搖頭。

「不要買、不要買，媽媽煮的菜好難吃！」

「對！好難吃！」

「你買了會賣不出去的！」

「對！會賣不出去的！」

小孩們憂心忡忡地看著晏笙，像是擔心他真的會想不開，跑去買他們媽媽做的料理。

「哈哈哈，我阿媽做的菜也很難吃！」阿奇納大笑著附和，像是找到同伴一樣。

「你們這麼說，不怕被媽媽揍嗎？」晏笙哭笑不得地問。

「揍啊！」

「每天都被打！習慣惹！」

「揍了，菜還是那麼難吃……」

「對對，要是揍完以後菜能夠變得好吃，那就好了。」

才八歲的小孩鼓著圓嘟嘟的胖臉，老氣橫秋地嘆氣。

幾個孩子說話的音量沒有降低，車上的人都聽見他們的談論，被孩子們的童言童語逗得哈哈大笑。

「這位小哥，你要是想買我們當地的東西，可以去南灣一三七巷，那裡是我們永望島最大的市場，所有永望島的特產那裡都有。」

「對、對！那裡有三千多個攤位，外地來的人也會去那裡擺攤……」

「謝謝。」

晏笙連忙點出地圖查看南灣一三七巷市場的位置，卻只看到一條街道符合這個名稱。

「請問一三七巷市場在哪裡呢？我在地圖上找不到。」晏笙禮貌地詢問。

「哈哈，你有看到南灣一三七巷這條巷子對吧？」

「對。」

「巷子旁邊是不是有一塊大空地？那塊就是啦！」

「你買的地圖是官方的簡易版本，上面只會列出跟官方有合作的店鋪，菜市場只是一些攤販自己隨便找塊空地擺攤的，官方地圖上當然就沒有它啦！」

「永望島太大了啦！而且大人又經常在變更和擴建永望島，要是把所有東西都列上去，你們根本看不來！」

「聽說最初的永望島只有五百五十萬平方公里，現在已經擴大到七千九百多萬了……」

永望島是人工造物，起初是由那位大人建構布置，後來變成幾位執法者和手下負責興建和維護。

有時候大人心血來潮，還會來一次大搬遷，將左邊的山脈搬到右邊的平原，或是在內海的上空又添了一座浮空島嶼，不過大人都是挑人煙稀少的區域進行變化，倒是不怎麼擾民。

「那條一三七巷原本是一條漁貨街，漁民捕魚回來後，就會拿到一三七巷賣，後來南灣碼頭擴大成南灣商港，往來的漁船跟商船變多了，一三七巷擠不下，攤販就跑到旁邊的空地擺攤，引來更多人潮，久而久之就成了一三七巷大市場了。」

得到情報，晏笙感激地向好心人道謝，並從空間裡取出糖果、點心分送給車上的乘客。

眾人客氣地推辭幾下，便也笑著收下了。

這些餅乾糖果也不是什麼昂貴的東西，用來作為消息的交換恰恰好。

不一會兒，晏笙等人抵達中央廣場。

「那個就是好運泉！」阿奇納指著一個沖天光柱說道。

晏笙這才知道，這個飄浮的好運泉的真實模樣。

在離他們有些遠的位置飄浮著一個光圈，好運泉的泉水就是從那光圈裡頭湧出，並且逆流而上，沒入雲端。

好運泉本身發著微微星光，加上陽光的映照，讓那光亮更加璀璨，遠遠看去就像是一柱發著彩光的沖天光柱，相當醒目。

中央廣場占地遼闊，人潮也多，還有不少賣吃食的攤販在這裡營業。

「這些人都是要來求好運的嗎？」

看著黑壓壓的人潮，晏笙有點想打退堂鼓。

在他看來，為了祈求一份好運而在這裡排隊排一整天，這實在很不划算。

「哦豁！不是喔！」亞梨花搖頭笑著，「祈求好運的人在內圈，外圈的人都是來這邊參觀和遊玩的。」

中央廣場的形狀像是一個階梯狀的圓形飛鏢靶，一圈一階，一個階層約莫小腿高度的落差，外圈地形最高，越往中心走越低。

販賣東西的攤販都是在最外圍的第一、第二層，第三層就只剩下販賣祈運石和運氣相關商品的店鋪，以及其他正規的商店，看不見推著行動車的小攤販蹤影。

第三層跟第四層之間圍了一圈石柱隔開，還有穿著制服的執法隊巡邏，第四層就是好運泉的所在位置了。

「看，第四層裡面的人才是祈求好運的人。」亞梨花指著最內層說道。

好運泉的規模並不小，泉水直徑約莫一公里，而且祈求好運、扔祈運石也沒有限定位置或方位，只要能將祈運石扔進好運泉就行了。

而且好運泉是飄浮在半空的，即使前面擋了幾個人，只要臂力足夠，努力往上扔也能將祈運石扔進去，根本不需要擠到最內圈去。

晏笙評估了一下自己的臂力，覺得自己應該可以在外圈扔進祈運石，隨即暗暗鬆了口氣。

「來這邊！來這邊！」亞梨花拉著晏笙來到一間祈運石商店前。

「這間商店賣的是星星形狀的祈運石，可好看了！」

「我覺得花花比較好看！」

「我喜歡鳥！」

「我喜歡魚魚！」

孩子們嘰嘰喳喳地貢獻出自己的看法。

因應不同人、不同種族對於「幸運物」的外觀看法，祈運石被打磨成很多種樣式，除了最基本的圓形、方形、菱形、長條形之外，還有心形、星形、花形、葉片形狀、雲朵形狀、魚形、動物造型、人形等等，有些商家還會將白色祈運石染成五顏六色，要是對這些造型不滿意，還可以現場訂做。

晏笙覺得星星形狀就不錯，便沒再另尋商家。

星星形狀的祈運石長得圓圓胖胖的，邊角都是鈍角，石頭被染成了淡金色，一萬星幣一顆，價格並不便宜，不過想到祈運成功能獲得的好運氣，這一萬星幣似乎又不怎麼貴了。

雖然一人一年只能祈求一次好運，祈運石的數量倒是沒有限購，隨便你要買幾顆都行。

聽說有些人會特地多買幾顆當作紀念品收藏，或是分贈給親友。

晏笙特地對祈運石做了鑑定，結果顯示，這就只是一顆普普通通的石頭，要說它有什麼特別的話，大概就是「永望島出品」這樣的頭銜吧！

在他看來，這種東西要是標上一萬星幣的價碼放到萬宇商城賣，肯定會賣不出去，而要是當作紀念品送給家裡的三隻崽子，感覺還不如拿這筆錢多買些零食點心給他們。

晏笙猶豫過後，還是只買了一顆祈運石。

哦，加上阿奇納，那就是兩顆了。

好運泉所在的區域只有拿著祈運石的人才能進入，其他人都只能待在一到三層的區域，就算是永望島當地居民也必須要遵守這項規定。

從祈運石商店位置到第四層的入口約莫要走兩公里左右，這裡聚集了不少人潮，他們或坐或站或躺地待在第三層，像是在圍觀看戲一樣地盯著好運泉的動靜。

晏笙和阿奇納帶著孩子們在人群中穿梭前進，越靠近第四層的位置，人潮就越多，幸好這群圍觀的人還有點公德心，沒將地占滿，還留了幾條通道給祈求運氣的人行走。

圍繞在第四層外圍的石柱間隔一百公尺矗立一根，根本無法防備潛入的人，但是圍觀群眾卻相當遵守秩序，全都站在石柱外側，沒有人越過石柱，也沒有人碰觸石柱。

就在晏笙他們靠近石柱圍欄時，人群中突然出現一陣騷動。

「有了！有了！賜福了！」

「哇！這是這幾天第一個得到好運的人！開門紅啊！」

晏笙順著眾人議論的方向看去，發現一個站在好運泉東方位置的青年激動地又蹦又跳，他的身上發著微弱金光，這光芒只存在約二十幾秒就消失了。

「上次得到賜福是多久以前啊？」

「好像是兩星期前？」

「我記得！我記得！是上個月的十七號，那個人身上的好運光芒還沒有這個人的亮呢！」

「對對！我記得上次那個只閃了五秒鐘就沒了！我還以為眼花看錯了！」

「這次這個閃了有二十秒吧？」

「對！是二十七秒，我有算！」

「豁喔！這小子運氣真好！竟然閃這麼久！」

眾人皆知，當好運泉淋到身上後，閃爍的光芒持續時間越久，就代表賜予的好運越多，這也讓一些有心人會特地去計算那些光芒的存在時間。

「廢話！運氣不好能得到賜福？」

「真羨慕啊……」

「羨慕你也去扔石頭啊！」

「今年的已經扔過了，要等明年了。」

好運泉賜福可不是經常有的，有時候一天會出現幾個幸運兒，有時候幾個月都沒出現一個，真的只能看運氣求好運。

青年在眾人的恭賀聲中笑得傻兮兮的，一旁負責執法的巡邏隊也微笑著送上掌聲，並提醒對方不要在原地逗留太久，免得影響後來者進入祈福。

青年樂呵呵地往外走，他一離開，原先站立的位置立刻有好幾個人搶上，希望可以沾沾對方的好運氣，同樣得到好運泉的賜福。

更加有趣的是，當那名青年走到石柱圈外時，周圍圍觀的人立刻一擁而上，把青年的朋友都擠在外頭了。

「恭喜啊！朋友，名通飯店邀請你和你的朋友到飯店入住！所有費用全免！」

「兄弟，跟我們紅狼會跑一趟墟境，得到的東西給你一成！就算沒找到東西也給你一百萬！」

「朋友，你用的是哪種形狀的祈運石？在哪間店買的？」

「來我們餐廳吃一頓飯，給你三年免費會員卡！」

「客人！萬宇商盟邀請您到萬宇百貨參觀，並贈送您一張萬宇商盟的會員卡和一百萬星幣！」

「呵！萬宇商盟怎麼這麼小氣？這位客人，來我們金立鎖大商城參觀！我們送你會員卡和一百二十萬星幣！」

「破滅傭兵團去三星墟境！保你安全，給你一百萬！」

「朋友，握個手吧！握一次手給你十萬！」

「分點好運給我，我給你二十萬！」

「呸！二十萬算什麼！我給三十萬！」

「我是東豐海商，跟我們跑一趟無盡海，我給你五十萬星幣外加一成的貨！」

「我們是逐浪者號！跟我們出一趟海，給你一百萬星幣！」

一群人像是瘋了一樣地一擁而上，嚇得青年和他的朋友跑去向巡邏隊求助，巡邏隊見怪不怪，熟練地開始維持秩序。

「他們……這是在做什麼？」晏笙被這群人的瘋狂行徑嚇了一跳。

「他們在沾好運啊！」亞梨花笑呵呵地回道：「在得到好運的這一天，這個人去過的地方都可以沾到一些好運氣喔！」

所以那些商會、商店和飯店才會那麼積極地邀請對方。

「而且他還可以在自願的情況下，將好運氣轉移給其他人喔！」

「這麼神奇？」晏笙咋舌。

「有什麼好神奇的？你不是也能做到嗎？」阿奇納覺得會為此驚訝的晏笙才奇怪，他都已經從晏笙那裡獲得兩次好運了呢！

在阿奇納眼中，晏笙根本是堪比好運泉的奇蹟！

簡直就像是好運泉的化身！

不、不對。

阿奇納又否決了這個想法。

上次他來祈求好運的時候，可沒有得到好運泉的賜福，晏笙小夥伴比好運泉要好多了！

阿奇納默默地將晏笙的地位調到好運泉之上。

當晏笙他們來到石柱邊時，那名好運青年也成功地與一個人進行了轉運交易，並且接受了幾家商店的邀請。

交易達成，現場的騷動也很快就平靜下來，眾人又恢復成先前的圍觀看戲模樣。

「大哥哥、小哥哥，你們快點進去吧！祝你們好運！」亞梨花催促著。

「從這邊進去，這邊人比較少！」一個孩子指著人少的位置。

「要去人多那裡啦！人多氣運就旺！剛才那個人站的那裡不是被泉水灑過了嗎？那塊地方沾了好運氣，過去那邊一定行！」另一個孩子持反對意見。

跟這個孩子有著相同想法的人不少，所以那塊區域已經被擠得水洩不通。

「你們進去以後，要先朝太陽的位置拜一拜，這樣可以增加得到好運的機會喔！」

「才不是呢！應該是跪在地上朝好運泉拜！」

「我爸爸說，要做前空翻、後空翻、側翻，這樣才能得到好運！」

「我哥哥說要在嘴裡含一顆蛋，蛋要生的喔！」

「我姑姑說，要在身上灑香水，把全身噴得香香的！」

「要穿大紅色的衣服還要在頭上跟脖子上戴花！」

「不對不對，應該要買好多好多的祈運石一起丟進去啦！」

……這個方式肯定是賣石頭的店家傳出來的。

對於求得好運的位置、姿勢，甚至是祈求步驟，每個孩子都有不同的見解和看法，他們熱心地貢獻給晏笙和阿奇納，希望他們可以採用。

晏笙微笑著謝過他們的好意，拿了幾包糖果點心給亞梨花他們打發時間，他和阿奇納挑了一處人數較少的位置走去。

因為本身的幸運值很不錯，晏笙對於祈求好運沒什麼渴望，只是來都來了，當然就要嘗試一下。

他雙手握著祈運石，面對著好運泉低聲祈求。

「希望奧莉亞他們去墟境可以平安順利，可以有好的收穫。」

晏笙沒有為自己祈求好運，而是將這好運泉當成許願池許願。

「希望大寶、二寶和小寶可以聰明健康地長大……」頓了頓，又補充一句：「要是聖薩曦族還有人存活，希望寶寶他們可以跟族人團聚。」

雖然寶寶有他和阿奇納照顧，可是晏笙他們畢竟不是聖薩曦族，晏笙聽說每個種族都會有他們各自的傳承和教育，即使有血脈傳承教導，可是血脈傳承只會記錄最重要的事情，其他諸如常識、訓練和成長途中需要注意的小細節，血脈傳承是不會傳授的，這些都是要由族人進行教導。

這就像是每個人天生就知道餓了要吃飯、冷了要穿衣、遇到危險要逃跑和躲藏，可是吃飯該吃什麼對自己才有好處？穿衣要怎麼穿才恰當？逃跑和躲藏時該怎麼做才會最有效率、最安全？這些都是需要後天學習的。

就算不考慮這些，晏笙也希望三個寶寶都能夠和族人團聚，而不是跟他一樣，總覺得人在異鄉，內心總是無法踏實。

晏笙有了小夥伴的陪伴，他現在的心態已經比以往踏實安穩多了，但是心底還是希望有朝一日，能夠有機會回家裡看看，探望親人。

晏笙才想結束祈求，腦中突然閃過一個漆黑幽深的畫面，讓他又停頓住行動。

「希望百嵐的那場災難能夠順利解決，希望他們能夠守護住家園，不要流離失所，大家都平平安安的。」

觀看這場直播的百嵐群眾聽見前面兩個心願只覺得暖心，認為晏笙果然是個體貼、善良的好孩子，而在聽見第三個願望時，一些感性的人已經紅了眼眶。

多麼好的孩子啊！明明還不是百嵐公民，就已經將百嵐放在心上了。

緊接著，一波打賞蜂擁而至，讓晏笙的直播間關注度又往上提高不少。

要是讓晏笙知道這些人的想法，他大概會哭笑不得。

他之所以會許下第三個願望，只是因為百嵐是阿奇納他們的家鄉，他希望阿奇納未來不會因為那場災難而顛沛流離，可不是他對百嵐聯盟有什麼忠誠度或是喜愛。

畢竟不管是他或是那些平行世界的「前輩們」，他們一直待著的地方可是次元星域，從沒去過百嵐呢！

對於一個從沒接觸過的地方，怎麼可能會有多少感情呢？

許願結束，晏笙緊了緊手裡的祈運石，將它用力拋向好運泉。

「噗通！」

極為輕細的入水聲響傳出，不斷往上流淌的光柱似乎抖動了一下，而後在晏笙還沒來得及回神時，「刷——」地淋了他一身。

「……」晏笙頭上冒出一堆問號。

明明之前那名青年也只是濺了幾滴泉水，怎麼到他這裡就變成水柱沖刷，給他來了個淋浴了？

幸好這好運泉雖然是液體，但是人在裡頭是可以呼吸的，並不會因為龐大的水流而嗆到鼻子或是窒息。

只是晏笙很猶豫，這水柱一直不停歇地噴灑，他是要一直站在這裡等這場「淋浴」停止，還是要自動走開？

沒等晏笙糾結完畢，他的身體率先替他做出決定。

他動不了了！

晏笙驚恐地瞪大雙眼，他發現他竟然完全挪動不了身體，連手指也動彈不得！

緊接著，他感覺體內好像有什麼東西甦醒了，而那樣東西正在瘋狂地吸收好運泉水流中的能量！

因為那股無形的吸力，沖刷在晏笙身上的水流變得更大了！

晏笙很緊張，他可以感覺到那個甦醒的東西正在逐漸變得強大，與此同時，他腦中閃過幾個畫面。

畫面中是好幾個平行世界的晏笙前輩的生活片段，畫面很零碎，只有一個比較完整。

那是一位進入空白之地的晏笙前輩，他遇見了一個重傷瀕死的人，那個人對晏笙前輩張了張嘴，說了幾個音節，那位前輩湊上前去聽，卻完全聽不懂。

後來那個人發出一道光，前輩被強光照耀得閉上雙眼，等他的視線再度恢復時，那人就斷氣了。

隱隱約約地，晏笙覺得那個死去的人似乎跟平行世界的前輩有了某種聯繫。

等到晏笙從畫面中清醒時，身上沖刷的水流也停止了。

晏笙眨了眨眼，把眼睫毛上的水滴眨掉。

回過頭，阿奇納正一臉愕然地看著他。

「怎麼了？」晏笙好奇地詢問。

「你、你旁邊……」阿奇納顫抖著手指，指向他的身旁。

晏笙回頭一瞧，發現身邊有一個發著微光、由泉水凝聚而成的人！

而且那個人的五官模樣竟然跟空白之地的那個死者一樣！

臥槽！我被鬼附身了！

晏笙嚇得跳退一步，還差點因為地面的濕滑而滑倒，幸好那個「鬼」扶了他一把，他才穩住身體。

「你、你、你誰啊！」晏笙結結巴巴地質問。

「他是泉水啊！」緩過情緒的阿奇納激動又興奮地替人形泉水回道：「好運泉變成人了！好神奇啊！」

在阿奇納他們這些外人眼中，晏笙剛才的情況簡直可以用「奇蹟」來形容。

原本只會吝嗇地灑上幾滴水、給一點點運氣的好運泉，竟然在晏笙祈求後，用洶湧的水柱沖刷他，圍繞在晏笙身上的好運光芒濃郁得比太陽還耀眼，而且好運泉似乎覺得這樣還不夠，它還凝聚出一個人形陪在晏笙身旁，簡直就像是好運泉想把自己掏空，跟著晏笙一起走一樣！

天啊！好運泉要被拐走囉！

圍觀群眾甚至覺得，那好運泉的光芒似乎黯淡了一些，像是被抽走大半能量，這就是好運泉捲了家當準備跟人私奔的「鐵證」啊！

因為這詭異的場景，先前那些花錢分好運的人都沒開口買運氣了，一個個都在私底下議論紛紛。

「好運泉怎麼會給那個人那麼多賜福？」

「他到底是什麼來歷？」

「我聽說好運泉對於水生種族會特別有好感，他會不會就是水生種族？」

「不像啊，水生種族的外表特色很明顯，他沒有魚鰭、沒有鰓也沒有蹼……」

「會不會是能夠操控水的？」

「你是說他操控好運泉，讓泉水往他身上潑？別傻了！這泉水根本不能被操控！」

「以前不少人都嘗試操控泉水，但他們都失敗了。」

不只失敗，還被巡邏隊抓起來，罰一大筆星幣呢！

「說不定這個人有什麼特殊手段？」

「裁決者大人說過，這好運泉是有智慧的，不會被操控，就連將好運泉挪移過來的那位大人也只是挪移它的位置，沒辦法從泉水那裡得到氣運！」

「那為什麼他可以得到那麼多好運？」

「誰知道！」

別說圍觀的人了，就連熟悉晏笙的阿奇納都覺得，晏笙是不是跟好運泉有什麼特殊關係？不然好運泉怎麼會這麼「掏心掏肺」、「傾盡所有」地對待他？

「阿奇納，你在胡說什麼啊？他、他怎麼可能是好運泉呢！」晏笙緊張地跑到阿奇納身旁。

他明明就是幽靈！而且還是跨時空從平行世界附身過來的幽靈！

在晏笙移動時，那個人形水影也跟著移動幾步，把晏笙嚇得立刻喝止他。

「你、你別過來啊！不准過來，聽到沒有！」

「……」幽靈的表情顯得有些可憐兮兮，活像是晏笙欺負了他一樣。

然而，晏笙卻覺得對方的委屈都是裝的。

別問他為什麼這麼認為，全都是直覺！

「欸，你別兇好運泉啊，他又沒對你做什麼，他還送了你很多好運呢！」阿奇納頗為同情地替幽靈說話，「你看看你身上，那些光多亮啊！」

晏笙身上的光芒直到現在都還沒消失，可見好運泉給他的運氣有多麼豐厚！

這身光芒是好運泉給的！又不是這隻幽靈！

晏笙氣極，卻無法說出這隻幽靈不是好運泉的事實。

那隻幽靈不知道對他做了什麼手腳，每當他想揭穿這隻幽靈的身分時，他的聲音就會自動消失，嘴巴也開不了！

「他是想要跟你走嗎？」阿奇納一臉興奮又有些忐忑地詢問：「可是要是他跟我們走了，這裡的好運泉會不會受到影響啊？」

「他能夠說話嗎？」

「他叫什麼名字啊？」

「晏笙，我們可以把他帶走嗎？」

「我可以跟他握手嗎？」

「他長得真好看！不愧是好運泉的化身！」

「……」

晏笙很想摀上阿奇納的嘴，讓他別胡亂說話，只是興奮過度的阿奇納根本沒有注意他的神情，甚至躍躍欲試地想要接觸幽靈，讓晏笙嚇得心驚膽跳。

一般的怪物他還能用武器和藥劑進行戰鬥，可是他沒學過要怎麼跟幽靈戰鬥啊！這裡又沒有降妖伏魔的道士，也沒有符籙、朱砂和黑狗血！

晏笙造成的異象自然引來了巡邏隊的關注，他們滿臉驚愕地朝晏笙的方向跑來，看著晏笙和幽靈的神情就像是看到什麼奇蹟一樣，態度驚奇又謹慎。

「請這位貴客稍等一下，我需要將這件事情上報。」巡邏隊隊長客氣又恭敬地說道。

好運泉竟然擬出人形，而且好像想要跟著祈運者跑掉，這件事情絕對要立刻上報，請上頭派人來處理！

黑鍋絕對不能背上身！

經過層層通傳，這件事情最後傳到了裁決者大人那裡。

裁決者是最高管理階層，也是那位大人的親衛，永望島絕大多數事情都是裁決者在處理，只有極少數裁決者無法處理的事情才會再上報給那位大人。

「諾娃裁決者大人想要見您，已經派了飛船過來，請您再稍等一下。」巡邏隊隊長轉達著指示。

說話的同時，巡邏隊動作隱晦地將晏笙、阿奇納和幽靈包圍起來，一方面是避免圍觀群眾對他們做出什麼瘋狂的事情，另一方面是要預防晏笙帶著好運泉跑掉。

「我朋友可以跟我一起去嗎？」晏笙詢問。

「這個……我問問。」

巡邏隊隊長轉頭對著通訊器說了幾句，等待一會兒後，才對晏笙表示阿奇納也可以同行。

因為這一去也不知道要待多久，晏笙讓亞梨花這群孩子先回去，孩子們興奮地答應了，想著回家後要將這件稀奇事跟家人說。

原本晏笙還想請巡邏隊護送孩子們一程的，這個想法卻被亞梨花他們慌張地拒絕了。

在他們眼中，巡邏隊可是負責永望島重要大事的大人物，怎麼可以用這點小事麻煩他們？

更何況，他們也經常來這裡玩，路況可是相當熟悉的。

見亞梨花他們堅持，晏笙也就不再多說什麼。

不一會兒，來接晏笙的飛船來了，晏笙看了幽靈一眼，後者像是背後靈一樣緊跟在他身側，一副「晏笙不動、他也不走」的模樣，讓晏笙很是無奈。

「請上船吧！」巡邏隊隊長擔心會有變故發生，語氣急切地催促。

晏笙和阿奇納配合地上了船，幽靈也輕飄飄地跟在他們身後。

飛船內部相當寬敞，布置得極為奢華，有供人聚會的大廳、有放滿食物和酒水的吧台、有睡覺休息的房間、有擺了兩個書櫃的書房，甚至還有一個露天小花園！簡直就是一個移動的五星級套房！

前來接他們的人態度相當客氣，在他們坐下後，拿了各式各樣的水果點心給他們吃，並溫和地安撫他們不要緊張，說諾娃裁決者是個很和善的人，請他們過去只是詢問幾個問題，並不是要對他們做什麼……

他們都已經上船了，晏笙他們又能說什麼呢？

自然是配合地附和著對方，笑嘻嘻地誇讚一通永望島了。

晏笙不清楚他們飛行了多遠的距離，只覺得窗外的景觀像是在放幻燈片一樣，一閃一種模樣，有參天古樹的森林、波光瀲灩的湖泊、洶湧的瀑布、繁花似錦的山丘、萬獸奔騰的大草原、黃沙飛揚的沙漠古城、立於雪山之巔的冰雪堡壘……

好像只是過了幾分鐘，他們就抵達了目的地。

飛船停靠在遼闊的海面上，一座宏偉得有如城堡的水晶宮就這麼立於海中央，建築物看起來相當嶄新，卻又透著一股濃重的古樸恢宏之氣，彷彿已經在這裡存在了千萬年。

「請幾位跟我來。」

接應人領著他們往城堡裡頭走去。

城堡內部寬敞又明亮，內部裝潢帶著古典奢華風格，整體搭配華麗、典雅又貴氣。

鑲著金邊的酒紅色地毯、奢華的水晶大型吊燈、色調鮮豔的裝飾畫、刺繡栩栩如生的掛毯、雕刻著各色花草鳥獸的桌椅、擺設和裝飾柱……

布置雖然顏色多又鮮亮，還添加了金箔、金線裝飾，卻不會給人色彩雜亂或是低俗暴發戶的感覺，每一處景觀、每一個細節都是恰到好處，可見布置這裡的人的藝術水準有多麼高超了。

穿過大廳、走過長長的迴廊、乘坐雲梯上升，最後，他們來到城堡的三樓。

雲梯停止的地方是一處鋪了彩色磚石地板的地方，緊接著是一處石雕拱門，拱門裡頭不時有說話聲和形似燕子、青羽白腹的小鳥飛進飛出，看似十分熱鬧。

第四章
永望島裁決者

穿過拱門，率先感受到的是一股清新舒暢的氣息，像是走進森林裡頭做森林浴一樣，迎面吹來的風如同春風一般，柔軟而富有生機，放眼望去滿眼綠意。

原以為是裁決者辦公室的地方，卻布置得像是一座室內花園，天花板覆蓋著半圓形的能量罩，左右側的牆面各開了一個大型落地窗，束狀的水流自左側落地窗繞入，圈了屋內一圈後再由另一個落地窗流出……

室內是春意盎然的景觀，窗外卻飄著鵝毛大雪，奇異的是，那雪花竟是從海上飛捲而來，而不是自天上落下。

雪花像是被無形的力量隔絕了，來到落地窗的窗台前就自動落下，彷彿那裡有著阻擋的玻璃，然而，落地窗上並無鑲嵌任何物品。

各種形狀奇特的飛鳥蟲獸在果樹和花叢間穿梭，放大版的水晶彩蝶、身上有九種顏色的熊、毛色如同雲彩的綿羊、木頭雕刻的小猴子、陶瓷模樣的小豬、金銀絲編織纏繞的蜜蜂……

奇異的景致讓人覺得宛如置身童話仙境，夢幻得不可思議。

「……這個顏色不對。」

「這個好像還差了一點。」

「嗯……不行。」

「這個也不行……」

「這個還是不對……」

「不對不對不對！都不對！」

穿著繁複又華麗、如同古歐洲宮廷禮服的女子坐在柔軟的沙發上，白皙纖細的手不斷在空中揮舞，飄浮在她面前的雕塑隨著她的心意變換，一下子這邊換一個顏色、一下子那邊多了朵花、一下子左邊去掉一個裝飾、一下子右邊的顏色又變淡了一些……

青羽白腹的燕子在她身邊飛繞，殷勤地啄來水果和花卉，擺放在精緻的小果籃裡頭，獻給女子享用。

女子所在的位置像是跟周圍的花園區隔開來，地毯、沙發、茶几，茶几上還放著一組白瓷茶具和糕點，旁邊立著木質書架和書桌，桌上擺滿了書籍、紙張、圖畫、顏料等物，再遠一些的地方還有一個堆著柴火燃燒的壁爐，一架黑色鋼琴擺放在壁爐的斜角處。

晏笙不由得打量了壁爐幾眼，正常的壁爐應該是鑲嵌在牆裡的，可是那個位置離牆壁還有一大段距離，從他的角度可以很明顯看出，那壁爐只有一個手掌那麼厚，只是如果從正面觀看，可以發現堆在壁爐裡燃燒的木柴，每根都有他的手臂長，樹木的長度跟壁爐的厚度完全不搭，彷彿壁爐裡頭是個異空間一樣。

好奇完壁爐與柴火的對比，晏笙的視線轉移到諾娃裁決者身上。

她的衣著裝扮很有維多利亞時期的風格，大領口、羊腿袖、大量的蕾絲、荷葉邊、緞帶、蝴蝶結和鮮花點綴，裙子是蓬鬆又多層次的蛋糕裙。

裙子上的花樣裝飾是真實的鮮花，花瓣上還有小粉蝶飛繞、停駐。

明明是很繁複又沉重的衣著，但是不知道是不是布料特殊的關係，這身裝扮竟讓人覺得有如雲彩般輕盈。

在原地站了一分多鐘後，接應者發現自家上司似乎陷入創作狂熱之中，便將晏笙他們領到一旁等待。

接應者摸了摸攀爬在樹幹上的藤蔓，藤蔓迅速展開，纏繞成可供三人休息的桌椅。

緊接著，接應者拿出蕾絲桌巾鋪上，又在上頭放了一組英式下午茶組合——三層點心架上放了各種精緻的小甜點，圓胖的茶壺裡頭泡著醇厚清新的紅茶，旁邊還擺了瓷白的糖罐子，成套的骨瓷茶具組鑲著金邊，彩繪著色調柔和、清麗優雅的玫瑰花圖案。

「請三位在這裡稍等一會。」

布置好一切後，接應者朝晏笙兩人和幽靈微微欠身，隨後退下。

雖然之前吃了些食物，不過阿奇納還在發育階段，很快就又餓了，看著桌上豐盛的茶點，毫不遲疑地用叉子叉起來吃。

下午茶茶點都是做成精緻小巧、容易入口的大小，阿奇納一口一塊，很快就將一層點心架都吃完了。

「吃慢點，又沒人跟你搶。」擔心他噎到，晏笙連忙為他倒了一杯紅茶。

「這點心也太小塊了，連塞牙縫都不夠！」阿奇納一邊抱怨、一邊咕嚕咕嚕地灌茶，一下子就把杯子裡的茶都喝光了。

「你的牙縫那麼大啊？」晏笙又給他倒了一杯茶。

眼角餘光瞧見微笑地看著兩人的幽靈，正要放下茶壺的手一頓，也給幽靈倒了一杯。

幽靈朝晏笙微微一笑，端起茶杯，也學著阿奇納的模樣一口喝乾。

幽靈的身體是好運泉凝聚的，這茶水一入口，就像是水裡倒進紅色顏料，一下子就暈染開來，把幽靈染上了一層淡紅。

晏笙和阿奇納看得驚奇，阿奇納又將一盤點心推到對方面前。

「這點心也好吃！」

幽靈看了看點心、又看了看兩隻小崽子，露出一抹意味深長的微笑，讓晏笙和阿奇納頓時有些頭皮發麻。

心口噗通噗通跳的阿奇納想將點心盤拉回，幽靈卻搶先他一步，拿起整個盤子，直接往肚子裡一塞……

整盤點心就這麼穩穩當當地飄浮在他的肚子裡。

「……哦豁！」

晏笙和阿奇納驚愕極了，嘴巴不自覺地張大。

幽靈似乎覺得這樣還不夠，又伸手探進肚子裡，將整盤點心端出。

被端出的點心完好如初，上面一點水漬也沒有。

「咦？沒水？」

阿奇納好奇地摸摸點心，又眸光閃爍地上下打量幽靈的身體，那躍躍欲試的神情就像是想要伸手探進幽靈肚子裡頭摸上一把。

眼看著阿奇納就要趴到幽靈身上，而幽靈臉上的笑容也因為他的舉動越來越燦爛，晏笙連忙扯了他一把，將他拉回座位。

「他……」

「咯咯咯咯……」一陣怪異的笑聲打斷了阿奇納的聲音。

「卜西多，你這是怎麼了？把自己搞得這麼狼狽，連『殼』也都丟了咯咯咯咯……」

諾娃裁決者發出一連串像是雞叫的笑聲，捧著肚子笑倒在沙發上。

「哎呀！這麼值得紀念的模樣，我一定要記錄下來咯咯咯咯……」

她抬手一揮，空中飄浮出好幾塊雪白雕塑，各種角度的卜西多瞬間被揉捏成形，還塗抹上顏色。

雕塑活靈活現，要不是尺寸小了大半，肯定會被當成卜西多的分身！

被稱作卜西多的幽靈低聲笑了，聲音宛如水波蕩漾，清亮悠揚。

「諾娃，我這可是因公殉職啊……」他幽默地自我調侃道。

「咯咯咯咯……殉職？號稱『永恆之魂』的種族什麼時候有死亡這件事？不就是少個殼子而已嗎？」

「好吧！我說不過妳。」卜西多做出投降姿勢，話鋒一轉，說起了正事，「替我聯繫大人吧！我有重要的事情稟報。」

永望島之主居住在一個特殊空間裡，要想進入那個空間，需要穿行過許多危險地帶，例如：棲息著許多星獸、無邊無盡的迷霧之海；長年颳著雷霆風暴的雷霆荒原；瀰漫著毒煙並有諸多惡靈飄盪的死靈峽谷等等。

要是卜西多沒有受傷，他自是無懼這些，然而現在的他雖然看起來正常，靈體卻是相當虛弱，他只能乖乖認聳，在這裡等待大人接獲通知後，派人來接他了。

「剛才就聯絡了。」

諾娃聽說好運泉出現異動時，立刻調了那處的監控影像觀看，看到卜西多後就知道事情並不是巡邏隊所報告的那樣。

好運泉沒有變成人，只是卜西多失去了軀殼，靈魂又太過虛弱，這才汲取好運泉的能量滋養靈魂，並用泉水替自己塑造一具軀殼罷了。

「咯咯咯咯赫希肯定沒想到，他防備你防了那麼久，結果還是被你弄走了好運泉，哎呀哎呀！好運泉還是沒能逃過你的魔掌……」諾娃咯咯地嘲笑，也不曉得是在笑卜西多，還是笑那個努力防備卜西多的人。

「我可不是故意的。」卜西多為自己辯解，語氣誠懇，「我失去了身體，靈魂又受創嚴重，相當虛弱，要是沒有在好運泉那裡補充能量，說不定我就撐不到大人面前了。」

「咯咯咯咯！我信，我相信！就不知道赫希信不信囉咯咯咯咯……」諾娃朝他眨眨眼，一副看好戲的模樣。

「咯咯咯咯，說人人到，赫希來了咯咯咯咯……」

只見眾人眼前突然閃過一抹亮光，就像煙火突然炸開一樣。

伴隨著亮光出現的是氣勢洶洶的尖銳吼叫聲。

「卜西多！」

聲音主人是一名銀髮青年，他沒有翅膀卻能飄浮在空中，隨著他的一舉一動，細微的光粉自他身上撒落，而後又消融在日光之中。

「哦！親愛的赫希、帥氣的赫希，我的好朋友，好久不見……」卜西多笑嘻嘻地張開雙臂，給對方一個大擁抱。

因為赫希飄浮的位置較高，卜西多這一抱只抱到他的腰，兩人的姿勢像是大人抱小孩的模樣。

「混蛋！卜西多，你混蛋！」

赫希氣急敗壞地揮舞著拳頭，朝卜西多拳打腳踢，卜西多的身體是水做的，被赫希這麼一揍，人也跟著散架，癱成了一灘水後才又再度聚集。

「嘶！好痛……」卜西多雙手捧心，順勢倒退幾步，「赫希，你出手可真重，咳咳！我這次出任務可是受了重傷，差點回不來了，你竟然一點都不關心我，還打我！我以為我們兩人的情誼濃厚，卻沒想到……」

「閉嘴！」赫希憤怒地大吼。

「嘤……」卜西多順從地摀住嘴巴，眼睛眨巴兩下，表情委屈。

「你、你、你……」赫希指著他的鼻子，憤怒的手指不斷顫抖，「你竟然把好運泉弄成那樣！能量和氣運被你吸走了十分之一！你、你……」

「我是無辜的！」卜西多搖晃著腦袋，閃避指著自己的手指，「我受了重傷，身體沒了，靈體也很虛弱，為了要回來，我還動用了禁術推算，好不容易才找到一個跟永望島有緣分的人附身……吶！就是他。」

卜西多一把將晏笙推向前，擋在他和赫希之間。

「我吸收的氣運他也沾走了大半！」

赫希看向晏笙，冰藍色的眼瞳閃過金光。

晏笙被他看得頭皮發麻，渾身不自在，就像是靈魂被看穿了，所有秘密都被挖掘出來，在對方面前無所遁形一樣，相當令人驚懼。

「小傢伙，別怕。」

赫希眼睛一眨，那股極具穿透力的感覺消失了。

「小泉是自願贈送氣運給你的，小泉很喜歡你。」赫希微笑著拍拍晏笙的腦袋，態度很是親切。

「……謝謝。」晏笙鬆了口氣地道謝。

他可不想被當成泉水小偷看待。

「卜西多！」赫希轉頭繼續朝著卜西多吼道：「你說說你都幾次了？每次小泉好不容易積攢一點能量，你就去偷它！小泉都跟我哭訴好幾次了！你簡直是無恥、厚臉皮的奸商！」

「它本來就會贈送氣運給其他人，我也只是跟它討一點點……」卜西多嘻皮笑臉地回道。

「什麼一點點！你拿了好多！小泉都哭了！」赫希為好運泉抱不平，「小泉還說，你要是再這麼欺負他，他就要搬家！搬到一個沒有你的地方！」

「這怎麼行呢！你要跟他說，外面壞人多，要是他跑到外面去，會被壞人吃掉的！」卜西多笑呵呵地說道。

好運泉具有能量和氣運，在外頭可是眾人搶奪之物，要不是永望島之主見到好運泉已經開啟靈智，將他給撈了回來，好運泉早就被人掠奪一空了。

「跟小泉說，在這裡乖乖待著，永望島有各種情緒給他吃，還有人保護他，完全不用擔心壞人……」

「你不就是欺負小泉的壞人嗎？」赫希諷刺道。

「哎呀！我對小泉可喜歡了，沒有吃掉小泉的想法呢！」卜西多亮出一口大白牙，笑得燦爛。

好運泉的本體其實是一種泉靈，他會汲取他人的情緒成長，並會受到那些情緒的影響，誕生出正泉靈和逆泉靈。

正泉靈就是像好運泉這樣，帶給人們好的氣運，而逆泉靈就是會帶來災厄和厄運的存在。

知道泉靈體質的人，都會想辦法將他養育成正泉靈。

然而，人的情緒怎麼可能控制得了？

在動了「養成正泉靈」這樣的念頭時，貪念就因此誕生了，更別說之後的日日看顧和影響，泉靈的未來就在起心動念時定下了。

幸好，泉靈的正和逆是可以改變的。

永望島之主在遇見泉靈時，他正處於偏向逆泉靈的狀態，永望島之主便除去他當時的擁有者，將泉靈帶回島上，並給泉靈安上好運泉的名義。

——人們在祈求的時候，情緒是最為純淨且最為正向的，雖然其中也會伴隨著衍生的貪念，但是這點貪念在永望島之主設置的陣法中，全部被消除過濾了，原本可能變成災厄的泉靈，就在眾人的祈願中轉成了正泉靈。

「這次我不替你隱瞞了，我要跟大人說你搶劫了泉靈，讓大人懲罰你！」赫希生氣地威脅道。

「別呀！大不了我以後去找尋泉水給他吃，幫他補回去……對了！」卜西多突然一拍手，目光炙熱地看向晏笙。

「小崽子呀！我記得你也收了一隻泉靈，我記得那隻泉靈是生命屬性……」卜西多搓著手，一臉不懷好意。

「……我不知道你在說什麼，我只是收了幾瓶泉水而已。」

察覺到卜西多的目標是小海豚，晏笙第一個想法就是否認。

「別瞞了，我可是附在你身上的，我都看見了。」卜西多絲毫不覺得自己窺探人家隱私有什麼不好意思，大剌剌地說了出來。

「你也別緊張，我沒想對那隻泉靈怎麼樣，我只是想跟他要些泉水給好運泉……」

「你要用什麼交換？」已經習慣經商買賣的晏笙下意識地反問。

「啊？」卜西多被問得一愣，他還真沒想過交換一事。

「你要用什麼東西交換生命靈液？」

「唔……」卜西多摸著下巴思考，目光掃過晏笙手上的綠環，「我給你們一年份的藍色貴賓資格？」

「不要。」晏笙搖頭拒絕。

「小崽子，你知道藍色貴賓是什麼意思嗎？」卜西多笑問。

「不知道。」晏笙坦然回道：「不過不管藍色貴賓有多麼好，你的交易對象是生命靈泉，不是我們。」

言下之意，卜西多的交易品應該是小海豚喜歡的、想要的，跟晏笙他們無關。

「呵呵，你這個小傢伙果然有意思。」卜西多彎著眼睛笑了。

「……」晏笙抿著嘴，總覺得卜西多笑得很奸詐。

阿奇納察覺到晏笙身體的僵硬，連忙將他拉到身後護著。

「那麼緊張做什麼呢？我又不會吃了你們。」嘴上雖是這麼說，卜西多卻是舔了舔嘴唇，故意做出垂涎的模樣。

「卜西多，你別顧著逗崽子！快說要怎麼補償小泉！」赫希將話題拉回。

「我這不是在做了嗎？」卜西多擺了擺手，「他收的那隻生命靈泉長得可好了，要是能拿到他的靈泉水，小泉肯定很高興！可是他就是不肯賣我！」卜西多來了個惡人先告狀，把晏笙氣得直瞪眼。

赫希也聽見了他們的交談，自然不會相信卜西多。

「不賣你是正常的，你要交易就應該要拿出人家想要的交易品，而不是隨便弄個東西糊弄人，奸商！」

「我哪有糊弄啊！那可是一年的藍色貴賓！外面一堆人搶破了腦袋都想要！」卜西多為自己喊冤。

赫希冷笑一聲，「你這話騙騙別人就行了，這孩子的氣運這麼旺，就算他現在不拿這個貴賓資格，以後也有機會拿，說不定還能得到更好的！」

「我……」

「咯咯咯咯赫希說得對！」諾娃笑著打岔，「這孩子身上的氣運光環可漂亮了，是個善良又有福氣的好孩子，卜西多，你可是借了人家的氣運回來的，這孩子可以說是你的恩人，你可別欺負他！」

知道卜西多底細的諾娃和赫希都清楚，卜西多的附身表面上看來對晏笙沒有影響，其實晏笙早就吃了虧。

卜西多的「附身術」是一種用於危急時刻的自救法，而且有附身條件的限制，並不是任何人都能附身的。

卜西多的附身會消耗被附身者的氣運，他在對方體內停留得越久，被附身者的氣運就會越衰弱，所以首要條件就是被附身者本身要有不錯的氣運，不然就會被卜西多害得倒楣連連。

幸好氣運的消耗跟卜西多的活躍度有關，只要卜西多一直處於沉睡狀態，消耗掉的氣運量就不會太多，不然那後果可真是不堪設想。

再者，卜西多是跨越平行時空進行附身的，他在跨越時空時，連帶會牽動其他平行時空的被附身者，那些影像會有部分殘留在被附身者身上，晏笙以往所看見的那些平行時空的「前輩記憶」就是卜西多帶來的影響。

這些記憶的影響有深有淺，要是處理不當，甚至會引發被附身者的精神錯亂！

晏笙算是很幸運，因為他遭遇的影響不深，這才讓他在得到那些記憶的同時還能夠保持自身清明。

晏笙永遠都不會想到，他以為是前輩饋贈的禮物，換個角度來看，竟然也是一份災厄。

「我這不是想等正事回報完了再說嘛！」

卜西多的性格雖然賴皮了一點，卻也沒有迴避報恩的想法，他這個人還是挺恩怨分明的。

「小崽子，雖然你並不知情，但是我確實是借了你的身體回來永望島，你也算是對我有恩，你想要什麼東西直接提出來，能做到的我肯定不會推辭！」

卜西多嘴上說得豪邁，但是一段話裡頭卻也藏了小心機。

開頭就說他是借了晏笙的身體回永望島，也點名晏笙事先並不知情，晏笙並沒有主動幫他，這份恩情其實也就是搭個順風車的程度，算不上什麼大恩，暗示著晏笙日後也別想要以卜西多的恩人自居。

他讓晏笙自己開口討要想要的東西，卻又給了限制，要是晏笙來一個獅子大開口，卜西多就會推辭他做不到，從而把主動權握在自己手裡。

晏笙看得出來卜西多想要乾脆俐落地解決這份「恩情」，不想被他賴上。

他想了想，決定跟卜西多要一張永望島的永久通行證。

永望島對於外來人口管理得很嚴格，外來部落並不能在永望島逗留太久，也不能經常過來永望島，想要增加過來永望島的次數和停留時間，需要對永望島有相對的貢獻。

以百嵐聯盟來說，他們經常在永望島接任務和收集永望島需要的相關材料，經營了兩百多年之久，也才獲得四年可以來永望島一次，一次可以停留兩個月的資格。

晏笙身為時空商人，自然要拓寬自己的進貨和銷貨管道，不能只靠著萬宇商會進行買賣交易，要是能夠取得自由進出永望島的資格，那他的商道就更加開闊了。

「我是個時空商人，我希望可以經常來永望島這裡進貨，我想要一張永望島的自由通行證。」

晏笙表面上鎮定，暗中卻是緊張得握緊拳頭。

「通行證要能夠帶人同行，最少十個人。」

他以後想帶阿奇納和崽子們來，還有達格利什跟布奇麗朵他們。

「我希望一年可以來永望島四次，一次可以停留兩個月、不，三個月！」

晏笙是以百嵐聯盟的情況作為基準，又將條件上限提高一些，等著對方砍價。

「一年四次，一次停留三個月？你怎麼不直接說你要住在永望島呢？」卜西多似笑非笑地調侃。

「……」晏笙尷尬得臉都紅了，他也是在條件說出口後，這才發現自己開出的條件不正是一年十二個月嗎？

咦？等等……

「永望島這裡，一年有幾個月？」晏笙不確定地反問。

「一年十五個月，剛好多出三個月。」卜西多語氣慵懶地回道：「怎麼，想再追加次數？」

「……」晏笙的臉更紅了，這次是被氣出來的。

「你要是不想給那就拒絕啊！幹嘛冷嘲熱諷的？」阿奇納不滿地抗議。「明明是你自己說要晏笙提條件的，現在他說了你又在那邊嘰嘰歪歪……」

晏笙拉扯著阿奇納的手臂，要他別開口。

「這就是我的條件，你要是辦不到，那就算了，就當你已經報恩了。」晏笙硬聲硬氣地說道。

「呦呵？還生氣了？教你一件事……」卜西多豎起食指，「既然要當商人，那臉皮就要厚一點，遇見像我這樣的大人物，就算人家把你的臉踩在腳下、還對你吐口水，你也要忍下。」

「你……」阿奇納生氣得想要揍人，卻被晏笙制止了。

「我們對商人的看法不一樣，我覺得商人就是幫助不同地方的貨物進行流通，帶動經濟，讓賣家和買家都能受益的人，銀貨兩訖，童叟無欺，不需要卑躬屈膝，也不需要被人踩在腳下。」

「呵，憑你這樣的，人家不想賣你當然可以不賣你，而你不想賣的……還真不一定就能夠不賣！」

卜西多抬手憑空一抓，一股強大的力量裹住晏笙，晏笙可以感應到有股外力探入了他的空間，空間內的防禦陣法被啟動，元素精靈們紛紛從建築物中飛出，緊張地在空間裡頭到處查看。

「咦？你這空間的防禦陣法真不錯，竟然能攔下我……」

卜西多興致一來，加大探查的力度。

「鈴鈴鈴！」

察覺到「敵人」來源，元素精靈從空間裡頭飛出，憤怒地攻擊卜西多。

「這、這是……元素精靈？」

原本正準備出手反擊的卜西多，在認出攻擊者的身分時立刻收手了。

他雖然嘴上說著知道晏笙所有事情，其實那是在騙他的。

因為受傷的關係，卜西多大多數時間都在沉睡，只有在掉進生命靈泉所在的那個空間時，因為生命靈液的能量補充而醒來，並藉機汲取能量治療傷勢，不然他的傷也不會痊癒得這麼快。

至於元素精靈的存在，他確實是不知道的。

元素精靈在空間裡頭布置的陣法可不是好看而已，它確實能夠阻絕一切探測，只要元素精靈不離開那個空間，就絕對不會被人發現。

「啊啊啊啊啊！元素精靈！我竟然看見傳說中的元素精靈了啊啊啊啊啊！」

諾娃激動得發出尖叫。

「卜西多，快住手！別傷到元素精靈了！」赫希也緊張地喝止。

「我已經收手了！沒看到我一直在躲嗎？」卜西多正狼狽地抱著腦袋到處逃竄，躲避元素精靈的追擊。

「鈴鈴鈴！」

「喂喂！你們夠了啊！別以為你們是元素精靈我就不敢揍你們啊！」

「靠！還來？喂！我是真的會出手的啊！我不是嚇唬你們的啊！哎呀！別打、別打……」

「鈴鈴鈴……」

「你們還不快來救我！小崽子！快叫元素精靈停下！」卜西多苦著臉哀號。

別看他嘴上說得兇狠，其實他還真是不敢得罪這群元素精靈，不然元素精靈背後的那群靠山肯定會把他撕碎了丟到無盡深淵去！

第五章
永望島之主

就在卜西多狼狽逃竄、其他人旁觀看戲時，空間突然一陣扭曲，一道發著光芒的人影突兀地出現。

籠罩著來者身周的光芒並不刺眼，像是黎明時的晨光，清清亮亮又帶著微微的朦朧感。

說也奇怪，那光芒並不濃烈刺眼，但是不管晏笙和阿奇納怎麼打量，就是看不清來者的模樣。

「大人！」

諾娃和赫希連忙向他行禮。

「大人救命啊……」

卜西多一溜煙地跑到光影背後，拿他當擋箭牌。

永望島之主沒有理會他，而是略過他，笑著迎向元素精靈。

「老朋友們，好久不見。」永望島之主愉悅地跟精靈們打招呼。

當永望島之主笑著的時候，晏笙和阿奇納竟也莫名地覺得心花怒放，喜悅油然而生，臉上不約而同地掛上傻呼呼的笑。

「鈴鈴、鈴鈴鈴……」

元素精靈飛繞在永望島之主周圍，還在他身周的光圈中來回穿梭，玩得不亦樂乎。

「哦？他欺負你們？」

永望島之主掃了卜西多一眼，把後者嚇得癱成一灘水，而晏笙和阿奇納也受到永望島之主的影響，激盪愉悅的情緒瞬間降下，變得心驚膽戰。

「鈴鈴鈴……」

「別生氣，我幫你們欺負回來。」永望島之主安撫道。

「鈴鈴鈴！」

求生欲望強烈的卜西多連忙插嘴說道：「不、不是，大人，您就不聽我……解釋一下嗎？

「不聽。」永望島之主斷然拒絕。

「……」踢了鐵板的卜西多決定從另一個方向自救。

他重塑人形，態度正經八百地行禮。

「大人，我有重要的事情稟報！關於聖薩曦族母星毀滅一事，我已經查到線索了。」

聽到聖薩曦族幾個字，心神恢復清明的晏笙和阿奇納，神色莫名地互看一眼，隨即豎起耳朵傾聽。

「接到任務後，我先前往聖薩曦族的母星，當我抵達那裡時，聖薩曦族的母星已經被一層發散著血腥氣的黑霧籠罩，整顆星球的生氣完全消失，變成一個死星。」

卜西多手上凝聚出一顆光球，那裡面記錄著他這一趟收集到的各種影像。在永望島之主收下後，他才又繼續解說。

「我本來準備要離開了，卻注意到死星裡頭有東西在活動，所以我就偷偷潛入觀察，意外發現這顆死星的死氣竟然在孕育一種介於虛和實、生與死之間的邪靈，我帶了一點回來……」

卜西多拿出一個約莫五公升容量的透明罐子，上面加上了無數層封印，罐子裡頭有一團紅黑色霧氣盤繞活動。

卜西多將罐子遞給永望島之主，繼續說道：「我回溯時間，沿著死靈出現的源頭找去，線索消失在一個平空出現的黑洞裡，後來我又回到那顆死星，暗中觀察那些死靈的情況，並將時間加速，跑到一百多年以後……」

一百多年後，那些死靈已經將星球擠滿，並出現新的變化。

「虛幻的死靈轉成了實體，外觀模樣跟蟲子有些相似。這是我取回的小蟲子。」

卜西多又遞出一個封印罐，裡頭有一隻蟲子在沉睡。

「咦？」見到蟲子的模樣，晏笙訝異地低呼一聲。

那蟲子竟然跟他之前「預見」的，未來將會毀滅百嵐聯盟和整個宇宙星際的蟲怪極為相似！

卜西多朝晏笙挑了挑眉，笑道：「沒錯，就是你的預知夢中的蟲子。」

他證實了晏笙的猜想。

「這些由死亡、殺戮和邪惡之氣孕育出來的蟲子，為了方便稱呼，我給牠們命名為『魔蟲』。魔蟲誕生出蟲后之後，蟲后率領魔蟲離開死星，開始攻擊和吞噬周圍的星球，當牠們『吃』完一個宇宙星系後，就會開闢蟲洞，跑到另一個星系繼續吞噬。」

卜西多指了指晏笙和阿奇納，「這兩個小傢伙所在的星系，就是魔蟲的下一個目標。」

永望島之主也將目光掉轉向晏笙和阿奇納。

先前永望島之主現身時，晏笙他們只覺得這個人很神異，但因為沒從對方身上感受到什麼氣場或壓迫感，也沒有注意到自己的情緒受到對方影響，所以對他沒有多大的敬畏和防備。

現在被對方輕描淡寫地這麼一看，渾身像是被無形的力量束裹住，心跳急促、臉紅盜汗，甚至隱隱有一種暈眩迷離感，整個人輕飄飄的，像是靈魂要脫離身體，飄上天空一樣。

「鈴鈴鈴……」

清亮的鈴聲拉回晏笙和阿奇納的心神，他們狼狽而虛弱地低下頭，不敢再跟永望島之主對上目光。

不過才對視一眼，竟有一種耗盡體力、瀕臨死亡之感，這讓他們不由得冒出一身冷汗。

「鈴！鈴鈴鈴鈴！」

元素精靈繞著晏笙和阿奇納飛繞一圈後，又飛回到永望島之主身旁，並發出一連串近似控訴的聲音。

「我沒欺負他們啊，你們也知道，修為到了我這等級的都會不自覺地影響他人，這不是我想那樣的……好、好，我知道了。」

話音一落，一陣清涼之氣從頭頂灌下，晏笙和阿奇納瞬間神智清明，原本感覺被抽乾的體力瞬間填補回來，但是他們依舊不敢抬頭與對方對視。

剛才那種「赴死」的狀態實在是太過詭異，在他們心底落下了陰影。

一般來說，生物都會有求生本能，遇到性命關頭時會自然而然地掙扎，可是他們剛才竟然毫無求生的念頭！彷彿心甘情願溺死在對方的注視中一樣，實在是太令人驚悚了！

永望島之主見他們這模樣，輕笑一聲。

「你們可以抬起頭了。」

他剛才給他們的靈魂加上了防護，短時間內，他們不會再受到他的影響。

晏笙和阿奇納小心翼翼地抬頭，瞄了一眼又立刻轉開視線，等待幾秒，確定自己還是正常的以後，這才鬆了口氣。

「這些魔蟲具有腐蝕和影響神智的力量，牠們吐出的毒霧會侵蝕生物，被侵蝕的生物會變得暴躁、易怒、瘋狂，當其他生物被牠們傷害或是殺死時，屍體會瀰漫出一股帶著疫病的死氣，這種死氣的傳染力驚人，受到感染的生物不會立刻死亡，而是會轉化成半死半活、渾身腐爛的怪物，這些怪物就算死了，牠們的靈魂也不能超脫，而是會以遭受污染的狀態與死氣融合，最後轉變成籠罩聖薩曦族母星的那層黑霧……」

隨著卜西多的講述，眾人的臉色越來越沉重。

「我建議，請大人使用『湮滅』將魔蟲和那顆死星一起銷毀。」卜西多說出他認為可行的方式。

湮滅是一種只有位面之主才能使用的禁招，位面之主可以創造生命、創造新的星球，相對地，他們也能毀滅生命、毀滅星球，而「湮滅」就是這樣的存在。

「要是沒辦法一舉毀滅，讓牠們出逃了，或者牠們因為湮滅出現變異，形成更棘手的異種呢？」赫希提出可能發生的情況。

他並不是要跟卜西多唱反調，而是以往也發生過類似的情況，當時的後果太過悲慘，讓赫希記憶猶新。

當時有一座城市出現一頭疫病怪物，永望島接獲求援訊息後，派出幾名手下前去處理。他們用封印將疫病怪物困在那座城市裡頭，而後使用了一種與湮滅效果相似但是規模和威力小很多的陣法殺死疫病怪物。

本以為就此可以將疫病怪物消滅得一乾二淨，結果在他們離去後，過了十幾年，封印鬆動，本該在陣法中被淨化、被逐漸銷毀的疫病怪物屍體竟然發生變異，變異的疫毒隨著吹拂的風迅速擴散，擴大了疫情。

那些手下緊急回去善後，最後演變成消滅掉十幾個國家、毀掉了大半星球這才終止這場災難。

赫希不希望這樣的災難重蹈覆轍。

「畢竟是一整顆星球，範圍太大了，還是要謹慎一點。」諾娃也贊同赫希的想法。

「……」永望島之主也沉默了。

這樣的災難在他漫長的一生中見過不少，許多邪異用盡手段也無法完全消滅，只要給它們時間它們就能捲土重來。

「鈴鈴鈴……」

元素精靈突然凝聚一顆小光球，並讓光球飄浮到永望島之主面前。

永望島之主吸收了光球，得到元素精靈傳遞的消息。

要是晏笙能夠看到內容，肯定會發現，那正是元素精靈以前曾經傳遞給他的〈靈魂本源力量運用篇〉裡頭的內容，主要是講述源圖和晶牌製作、晶牌戰鬥以及晶牌各種用途這些資訊。

只不過晏笙拿到的是初級版本，而永望島之主得到的是完整又深奧的上古版本。

迅速瀏覽完畢後，永望島之主又將這份資料複製成三顆小光球，轉傳給卜西多等三位手下。

「你們就用上面教的晶牌和陣法去處理。」

「是。」

以卜西多三人的閱歷，自然可以看出這是好東西，便開開心心地接受了。

「跟我回去吧！我給你們準備了一個空間，你們可以永遠住在那裡。」永望島之主對著元素精靈說道。

「鈴鈴鈴……」

「哦？你們跟他簽訂了契約？」永望島之主望向晏笙，這是他到目前為止第一次仔細端詳晏笙這個人。

「你保護不了他們，解除契約吧！」永望島之主毫不客氣地說道：「作為將他們帶來這裡的謝禮，我可以答應你一個要求。」

「不用了，只要他們同意跟你走，我隨時都可以解除契約。」晏笙從沒想過要利用元素精靈獲得什麼利益。

「既然這樣，契約解除。」永望島之主一勾手指，晏笙隨即發現他和元素精靈的聯繫斷了。

「鈴鈴鈴……」

還留在空間裡頭的元素精靈紛紛飛出，聚集在永望島之主身邊。

元素精靈的離開，晏笙雖然有些不捨，但是更多的情緒是鬆了口氣。

他清楚自己保護不了他們，也知道元素精靈的珍貴，雖然嘴上不說，但是他始終擔心在未來的某一天，元素精靈會因為他的弱小而慘遭滅族，現在元素精靈有了永望島之主保護，晏笙埋在心底的那份負擔終於卸下，同時也為他們的故友重逢而高興。

以永望島之主的眼力，自然能看出晏笙的態度是真心還是虛情假意，再者，如果晏笙先前不願意解除契約，永望島之主也沒辦法這麼簡單就切斷他和元素精靈的聯繫。

晏笙的表現讓永望島之主對他添加了幾分好感。

「以後你便是永望島的永恆貴賓。赫希，你帶他去挑一塊領地。」永望島之主說著自己的安排，並沒有讓晏笙有選擇的餘地。

永望島之主的指尖一點，一個閃著星星點點光芒的銀黑色手鐲就出現在晏笙手上，這手鐲就是永恆貴賓的身分證明。

當手鐲戴上時，晏笙感應到一股力量跟自己的精神力連接，那種感覺就像是之前跟商城系統締結契約的感應，腦中也立刻獲知了關於永恆貴賓的各種好處。

永恆貴賓是永望島上極為稀罕的存在，從永望島創建到現在，數千年過去，獲得永恆貴賓資格的人還不到十個人。

永恆貴賓在永望島的權限僅次於裁決者，很多被限制的區域都能夠進入，其中包括了需要命運金幣才能進入的墟境。

是的，永恆貴賓可以不需要命運金幣就能自由地進出墟境。

除此之外，永恆貴賓還擁有一千名隨從的資格，也就是說，這一千名隨從可以跟隨永恆貴賓自由出入永望島和墟境，而且隨從的所有花費都可以獲得半價優惠。

在晏笙還在吸收永恆貴賓的資訊時，永望島之主已經帶著元素精靈離開了。

永望島之主一離開，現場的氣氛就立刻輕鬆下來，沒有之前讓人神經緊繃的屏息感。

即使永望島之主沒有刻意顯露威壓，但是等級高的人會自帶氣場，形成一股「勢」，到了像永望島之主這種位面主宰等級，他們就連憤怒都能引起風暴！

先前永望島之主現身時，他已經收斂了自身氣場，要不然，晏笙和阿奇納早就被強大的氣場碾壓成粉塵了。

「咯咯咯咯，大人的心情很好呢！竟然讓小傢伙成為永恆貴賓，真是讓人吃驚……」諾娃拿著一把精緻小扇子遮住嘴唇，笑得嫵媚優雅。

「哎呀呀！大人都給了這麼豐厚的好處，那我該怎麼辦呢？給商店？」卜西多有些苦惱。

他原本是想要隨便給個東西就算報恩了，但是晏笙現在有了永恆貴賓這一層身分，又跟元素精靈有關係，那可就不能隨便糊弄了。

「如果可以，我希望能給我一個永久性的藍色貴賓資格。」晏笙試探地要求道。

「藍色貴賓資格？你不是已經是永恆貴賓了嗎？還要它做什麼？哦～～是想給你身邊的小夥伴？」卜西多瞬間看穿了晏笙的想法。

「對。」

晏笙原本是想將隨從資格給阿奇納的，正好卜西多提到他還沒給他報恩的禮物，他便想從卜西多這裡得到一個永久性質的貴賓資格。

在他看來，獨立擁有貴賓資格，要比依附在他的名下好得多了。

晏笙的底限是綠色等級，提出要藍色等級是想等卜西多砍價。

「行！就給他藍色貴賓！」

卜西多沒有砍價，他抬手一揮，阿奇納手上就多了一個藍色的身分手環，而後卜西多便嚷著：「累了，要回去休養。」一溜煙就跑了。

「咯咯咯咯，你可是吃虧啦！」諾娃取笑道：「藍色貴賓資格根本比不上商店呢！」

藍色貴賓資格只要在永望島努力接任務、賺取相關的榮譽點數就能夠獲得，但是想在永望島買下一個店面，除了需要支付大量的榮譽點數進行兌換之外，還需要經過各種審核，根本不是用星幣就能買到的！

「我覺得值得。」晏笙微笑著看向阿奇納，後者因為獲得藍色貴賓資格激動得整張臉都紅了。

「選領地吧！」

赫希直接進入主題，抬手一揮，虛空中出現永望島的縮小模型。

「領地選的是位置，跟範圍大小無關。」他提醒了一句，「你所選擇的領地位置是出入的門戶，真正的領地空間是另外開闢出來的……」

在赫希的解說下，晏笙才知道，原來領地是處於另一個空間之中，當他在永望島圈定位置後，赫希就會在這個地方設置一個通往領地的傳送門，並開闢出一個獨特的空間給晏笙。

領地空間的各種布置規劃和範圍大小都是任憑晏笙決定的，就算晏笙想將空間弄成一顆星球那麼大，也是沒問題的。

晏笙遲疑地看著永望島模型，實在很難決定要將傳送門安裝在哪裡，而且比起領地位置這件事，晏笙更著急其他問題。

「請問聖薩曦族……現在還有存活的族人存在嗎？」他忐忑地詢問。

赫希不明白他為什麼詢問聖薩曦族的事情，但還是點頭回應。

「有，他們現在居住在這裡。」

赫希指著永望島靠近邊緣的一處森林區。

「太好了！我和阿奇納之前收養了三個聖薩曦族的幼崽，請問我可以跟他們談談嗎？」晏笙有些急迫地問。

他希望這批存活的聖薩曦族人中能有寶寶們的父母或是長輩，這樣的話，寶寶們就能得到更專業的家族傳承，而不是在學校學那些大眾化的東西。

「你收養了聖薩曦族幼崽？怎麼收養的？他們可沒有將幼崽寄放在別人那裡。」赫希聽到晏笙的話，面露狐疑。

「我是無意中撿到他們的……」

晏笙將自己空釣時釣到一截斷木，樹裡頭藏著蛋艙的事情說了，又拿出蛋艙裡的留言晶片給赫希觀看。

赫希檢查過留言影像後，表情顯得溫和不少。

「崽子們呢？他們可還好？」

「現在大寶他們在百嵐聯盟的幼崽學校念書，成績很好。」

晏笙拿出他們以前拍的家庭照片和影像。

看著影像中活潑、可愛的幼崽，赫希彎著眼睛笑了。

「你先選領地吧！」赫希催促道：「領地選好以後還要安排後續的建設工作和人手，工作量可大了，選好以後我再帶你們去找聖薩曦族。」

「那就選聖薩曦族附近吧！他們附近有位置可以選嗎？」晏笙詢問道。

他想跟聖薩曦族當鄰居，這樣一來，就算大寶他們回聖薩曦族了，他們也方便見面。

「旁邊這個小海島怎麼樣？」赫希指著森林左下角的海島問道。

海島位於模型的右邊，跟永望島隔著一條海峽，海峽寬度不超過兩百公里，站在海島上就能看見聖薩曦族所在的遼闊森林。

海島往下約莫八百公里處則是南灣商港，之前路人推薦的一三七巷大市場就在那裡，往後想要採購生活物資也方便。

晏笙對於傳送門位置並沒有特別的要求，爽快地同意了赫希的提議。

「那麼我就將海島跟周圍海域劃歸到你的領地裡頭。」

赫希拿筆一圈，占地面積約莫一萬平方公里的海島就歸為晏笙所有。

「領地空間的規模呢？你想要多大的空間？」

「最大的！」晏笙毫不猶豫地回答。

「好。」

「那個……我可以讓人住在我的領地裡嗎？」

「可以。你的領地想怎麼處置都沒問題。」

「那、那些住在我的領地的人，需要向永望島申請通行證嗎？」

「如果他們只是在你的領地內行動，不需要申請通行證，除非他們要進入永望島的領地。」

晏笙點頭表示理解。

他想將領地當成百嵐聯盟的最後生存地，這些事情一定要問清楚才行。

雖然永望島之主已經派人處理聖薩曦族的災難，可是要是沒有處理好，那些魔蟲還是跑到百嵐聯盟的地盤，依舊像他看見的那些預知景象一樣，吞噬了百嵐聯盟的星球呢？

晏笙希望這樣的情況不會發生，但也要做好最壞的準備才行。

「你想將空間建構成什麼模樣？單層？雙層？三層？或者是特殊型態？」

單層指的是空間裡頭只有一片大陸；雙層則是將空間分割成兩層，除了大陸之外，天空也能興建城市或人工島供人居住；三層便是劃分成三個階層，陸、海、空三個地方都可以住人，至於特殊型態是供應給特殊種族的，像是將空間弄成表、裡空間或是陰陽界面，甚至是空間裡頭套著小空間……

晏笙選擇了三層式架構，又在赫希給的環境樣板中挑了幾種樣式。

「除了空間架構不能更改之外，環境樣板、氣候模式、生態圈這些以後都還能夠更動，要是你以後覺得風景看膩了，也可以挑喜歡的更換。」

赫希一邊說一邊將晏笙選定的位置傳給手下，讓他們著手準備傳送門的安裝和領地空間建構，並叮囑他們記錄晏笙的相關訊息，務必讓所有職員都知道永望島又出現一位永恆貴賓，避免日後見到人還不認識，甚至讓不長眼的人欺負了他。

永望島是一個自由地區，來這裡的人五花八門、三教九流都有，雖然往來的訪客都會自發地遵守規定，可是永望島的規定也只有禁止殺人和禁止闖入禁區，可沒有說不准吵架、不准械鬥或是不准給人下絆子，要是連這一點也管，那永望島也管得太寬了。

要不是晏笙正好得了赫希的好感，赫希還真不會這麼多此一舉。

「這裡是一千張空白身分卡片，等你確定隨從人選後，把卡片給他們，讓他們往上面滴一滴血，卡片就會自動收錄他們的資料，彙整到我們的身分系統中。」

「一定要隨從嗎？可以給朋友嗎？」

晏笙想把身分卡給奧莉亞阿姐等人，這樣他們以後就可以自由出入墟境，不需要苦苦找尋命運金幣了。

聽到晏笙的詢問，赫希笑了。

「隨從只是一個稱呼，你要將身分卡給誰都可以。」

以往能夠成為永恆貴賓的人，身邊都會有一群跟隨的親友和手下，既然給了對方貴賓，總不能只讓貴賓進入，將其他人隔離在外，考慮到這一點，才會有隨從名額的出現。

「走吧！我帶你們過去領地現場看看，之後再去聖薩曦族。」

赫希抬手一揚，一道藍色水流模樣的光束出現，水流將晏笙和阿奇納一裹，兩人眼前一花，等到視線恢復，他們便發現自己已經來到海島上。

海島上遍布溫熱帶植物，邊緣海岸是珊瑚礁海岸，近海處的水底可以看見形狀各異的珊瑚礁石，這些礁石像是漂亮而獨特的花邊，裝飾著整條海岸線。

近海處的海水是碧綠色的，相當清澈透亮，連水裡的魚蝦貝蟹等生物都能看得一清二楚，遠處是蔚藍色和深藍交錯，深藍色海洋的底下藏著危險的海溝。

再遠一點的地方，就是大海跟藍天白雲接軌的海平線，成群的海鳥飛過，點綴了幾分生動，目光往南方偏移，透過濛濛水霧看去，可以隱約地看見一個繁華而熱鬧的港口。

從晏笙他們的位置打量，那個港口大概就是一個火柴盒的大小，可是如果按比例放大的話，港口的橫向寬度應該有一千多公里，是個占地面積相當大的海港。

「你想將傳送門設置在這裡？」赫希指著腳下的雪白沙灘，「還是要設置在上面？」他指向後方約莫一百多米高的小山，那裡也是整座海島最高的地方。

「上面吧！」晏笙回道。

小山的位置高、視野遼闊，以後要是有朋友或是鄰居過來玩，一眼就能看到明顯標的，不需要到處找尋。

「好。」

赫希讓晏笙選了一個定點，在那裡放了一個紅色倒三角形的飄浮圖標，讓後續來建立傳送門的職員能有個定位。

「架構人員明天就會過來建構空間，按照你選的空間架構和環境方案，整個領地建好需要三天時間，到時候會有人通知你過來驗收……」頓了頓，赫希又補充道：「驗收的時候，要是有哪裡覺得不妥的、想要更改的，一定要當場立刻說了，要是當下不能確定，你可以讓他們等你考慮幾天，驗收時期的成品都還沒『定型』，如果你事後才又反悔，那時候整個領地都已經固定了，要修改就要整個拆掉重做，會比較麻煩。」

「好。」晏笙乖乖點頭。

「還要繼續看嗎？不看的話我們就過去聖薩曦族了？」赫希問道。

「走吧！」晏笙毫不遲疑地點頭。

海島的景色很漂亮，不過這裡既然都是晏笙的領地了，以後多得是時間看風景，先去找聖薩曦族，把寶寶們回歸族裡的事情處理好，這才是最重要的。

赫希輕笑一聲，揮了揮手，一股柔軟溫和的水流托起晏笙和阿奇納，載著他們朝海面飛了過去。

他們是貼著海面前進的，像是踩著海水衝浪，他們甚至可以感受到海浪飛濺的水沫。在海風與海浪的疊加作用下，他們的「航行」速度飛快，一下子就越過海峽來到聖薩曦族所在的森林外圍。

「聖薩曦族的朋友，我是赫希，我帶著幼崽的消息過來了！」站在森林外圍，赫希對著樹林大喊。

隨著他的聲音落下，樹梢上傳來「沙沙」聲響，一名背著弓箭、高䠷挺拔的青年從樹梢上跳下。

「赫希大人好，我是崗哨執法隊，月狐．明光。」青年微笑著自我介紹道。

「你好，這是晏笙和阿奇納，他們撿到聖薩曦族放在逃生蛋艙的蛋，將其中三隻小崽子養大了，他們聽說聖薩曦族轉移到這裡，就拜託我帶他們過來……」赫希簡單地解釋了他們出現在這裡的原因。

「謝謝、謝謝你們！」

月狐．明光激動地握住晏笙和阿奇納的手，雙眼閃閃發亮，隱約有一抹水光閃過。

「我、我們還以為沒有活的崽子了，沒想到……」

那場災難來臨時，聖薩曦族的聖地被摧毀了，聖地一毀，沒孵化的蛋就不能繼續放在那裡保護，臨時設置的保護陣法又容納不下那麼多蛋，他們只好留下陣法裡頭的蛋，另一部分沒能放進去保護陣的就放進蛋艙投放出去，蛋艙上有追蹤定位設置，要是日後部落有個萬一，他們的盟友和永望島會替他們找回蛋艙，這些投放出去的蛋就是聖薩曦族延續的火種。

投放出去的蛋共計有七千三百五十八顆，而留在部落裡的蛋則是一千七百七十三顆。

後來，災禍來襲，聖薩曦族人戰死大半，留在部落裡的蛋也全被邪惡污染了，生命力被怪異的邪氣吸食得一乾二淨，全都成了死蛋。

等到他們輾轉來到永望島定居，聖薩曦族積極回收和找尋那些被投放出去的蛋，但目前只回收了三千六百五十五顆，而這其中沒有破損、沒有變成死蛋、幸運地活下來的只有五百一十六顆。

大量崽子的死亡和失蹤，對聖薩曦族來說是失去母星和聖地的另一大打擊，要不是還有活著的崽子需要照顧，有不少人都想跟著死去。

月狐．明光領著他們往森林裡走了一段路，穿過幾重崗哨關卡，這才進入了聖薩曦族的部落領地。

聖薩曦族的部落領地坐落於森林中央，這裡被清出一塊大空地，面積跟大草原差不多。

聖薩曦族才剛搬遷到這裡不久，部落領地看起來很空蕩，各項設施都還沒能準備齊全，這處供應給傷患的調養區，只有將近一百座房屋林列在空地上。

聖薩曦族的房屋造型很有趣，底部是大鳥巢的模樣，鳥巢裡頭有一顆巨大的蛋，鳥巢連同巨蛋約莫有五層樓高，每座鳥巢房的占地面積約莫兩百多坪，搭配上周圍茂密、高大的樹木，看起來就像是來到遠古時期，誤入遠古翼獸的領地一樣。

月狐．明光嘴裡發出一連串的鳥鳴聲，聲音清澈嘹亮，像是鳥兒在歌唱一般。

隨著月狐．明光的呼喚，房屋裡陸續有人走出。

出現的聖薩曦族族人身上都有殘缺，獨眼、斷臂、瘸腿、斷指以及各式各樣的傷疤……這些受傷部位都被進行過治療，斷肢和殘缺器官被裝上了高科技的替代品，除了顏色和材質有差異之外，看起來跟完好的肢體沒什麼兩樣，也只有傷患自己知道，身上的殘缺讓戰鬥力受損了多少。

看著陸續出現在眼前的三百多人，晏笙由衷地希望，這裡只是聖薩曦族的一部分，而不是所有聖薩曦族人的數量，單單想到幻象中那麼龐大的族群竟然只剩這麼一點人，他的心口就隱隱生疼，為寶寶們和他們的族人感到難過。

「這兩位客人是赫希大人帶來的，他們撿到我們族的蛋艙。」月狐．明光說出他領著陌生人進入族地的原因。

被點名的赫希微微一笑，開口保證晏笙他們的身分。

「晏笙是永恆貴賓、阿奇納是藍色貴賓。晏笙選擇的領地就在旁邊的海島，算是你們的鄰居。」

聽到「永恆貴賓」四個字，部分警戒著的聖薩曦族人放鬆了下來。

並不是說，永恆貴賓就一定是性格溫和的好人，但是能夠被永望島之主認可的人，肯定不會在永望島鬧出不好的事情，損了永望島之主的臉面。

晏笙深吸了口氣，平撫起伏的情緒。

「你們好，我叫做晏笙，他是百嵐聯盟塔圖族的阿奇納，我們之前撿到聖薩曦族的蛋艙，不過很遺憾，五顆蛋裡頭有兩顆完全破掉，裡頭的蛋已經……」晏笙抿了抿嘴，隱去了對他們來說相當殘忍的詞句，「另外還有一顆蛋有裂痕，兩顆蛋是完好的，幸好三位寶寶都很順利地破殼誕生……」

晏笙拿出兩枚圓環形鍊墜，「這是蛋艙的親人留下的東西，寶寶他們的我已經交給他們保管了。」他手裡的這兩枚，是已經死亡的蛋所留下的。

其中一名聖薩曦族人上前接過鍊墜，並點開了紀錄影像。

看著影像中那對父母的殷切請求和託付，在場的聖薩曦族人全都紅了眼眶，有幾個人還摀著嘴嗚咽地哭了。

「我和阿奇納收養了寶寶們，不過因為我們不知道該怎麼教導孩子，所以就送寶寶他們去百嵐聯盟的護幼院學習……」

晏笙接著點開系統，翻出他們平常拍攝留存的相簿和影像給聖薩曦族人觀看。

大寶他們在影像中笑得燦爛又開心，頭上的奶黃色冠羽翹得高高的，連光環也閃閃發亮，相當有精神。

影像中的歡笑聲沖淡了現場的悲悽氣氛。

「好、好，養得很好，光環很亮。」

「崽子看起來很壯實。」

「冠羽很有精神……」

聖薩曦族人笑呵呵地點頭，冠羽和光環是評估聖薩曦族崽子養得好不好的明證，要是養育得好，崽子的冠羽和光環就會顯得格外明亮。

寶寶們的冠羽和光環的光芒凝實、身型圓滾、絨毛顏色鮮亮，無疑被養得極為健康又強壯。

「我們這次過來，也是意外聽到聖薩曦族搬到這裡的消息，就……想過來看看。」晏笙說得吞吞吐吐，表情有些糾結。

他聽到這裡有聖薩曦族人時，心情是激動又高興的，腦中甚至已經想到等大寶他們回歸族裡後，他們和寶寶們後續的生活規劃，可是實際來到聖薩曦族後，晏笙心底又湧出不捨，不太願意跟寶寶們分離兩地。

寶寶們去學校上課、住宿在學校，他知道這只是暫時的，學校會放假、寶寶們總會畢業，到時候他們又是一家人團聚了，可是寶寶們要是回歸聖薩曦族，就算族人不排斥他們和寶寶們親近，他卻覺得有些彆扭。

他不再是寶寶們名正言順的家人，他不能夠理直氣壯地干涉寶寶們的生活，他也不能夠以家人的身分等待寶寶們回家。

「我、我們這次過來，主要目的是想讓寶寶們回歸族裡，再來就是想、想確定寶寶們的家人是不是平安，要是……」

晏笙緊張得喉嚨發乾，手指無意識揑在一起，他一邊顧慮著聖薩曦族人的心情，一邊艱難地說出他的想法。

「要是寶寶們的家人不方便……我希望可以繼續養著他們。」

在三百多名聖薩曦族人的無聲注視中，晏笙壓力頗大地嚥了口口水。

「當、當然啦！寶寶他們肯定是住在你們這裡的！」他連忙補充說道：「畢竟他們還要跟隨你們這些長輩學習，不過我就住在附近，我希望平常可以過來探望寶寶們，在寶寶他們放假的時候，可以過來找他們玩或是帶他們去其他地方進行短時間的旅行……」

「家庭旅遊是我們跟崽子們說好的！」

阿奇納往前邁了一步，分擔集中在晏笙身上的目光，握住晏笙冒著冷汗的手。

「我們約定了每隔一段時間就會一起出去玩，就算大寶他們回到你們族裡，這個約定也不能作廢！」他固執又堅持地強調道。

「呵呵呵孩子，別緊張，我們並沒有拒絕你的意思……」一名中年聖薩曦族人笑著安撫，「只是你沒有將孩子們帶回來，我們沒辦法從他們身上的氣息判斷血緣，沒辦法確定他們的親人是不是還活著。」

「啊！是我的錯。」晏笙恍然大悟地應了一聲，隨即點開系統，拉出三個光幕，播放另外三個影像。

「這是寶寶他們的父母影像，我有複製一份。」

看著影像中的三對夫妻，聖薩曦族人努力地在腦中找尋相關記憶。

「有誰認識他們嗎？」

「看起來有點眼熟，我好像見過跟他們長得很像的……」

「這背景是不是努萊丘陵那裡啊？」

「努萊？不像吧！我感覺是巴利河那附近……」

沒辦法，聖薩曦族原先的人口太多了，整個族群的人數將近五百多萬人，他們以村莊和家族為單位，分居在聖薩曦族人母星各處，有些人很可能一輩子都沒離開過原本的棲息地，熟悉的人就只有自家附近的人，對外地人的了解就不那麼深。

「抱歉，光看影像我們並不確定這三個孩子的家長是誰，需要等其他人回來再問問……」年邁的聖薩曦族人說道。

他們這些身體有殘缺的人被安排留守在新族地，那些年輕的、身體健康的都外出工作賺錢去了，畢竟他們是遭難後狼狽遷移的，身上只帶了一些重要物品，很多東西都留在母星沒有帶來，可說是處於人生中最貧窮、最困苦的階段。

因著過往先祖的交情，永望島贈送了一塊新族地給他們，又免費為他們醫治身體，可是生存並不是簡單的事情，光是所有族人的吃食開銷就是一大筆花費，更何況還有崽子們的養育、族地的各項建設工程等事……

他們這些留守的傷患，也不是整天無所事事，他們也有自己的工作要做。

在晏笙到來之前，他們全都窩在房屋裡做手工，一部分的人負責建造部落需要的各種物品，一部分的人製造合適的手工藝品，拿去一三七巷大市場擺攤販售。

「這樣吧！你把影像複製一份給我們，等其他人回來了我們再問問。」

「好，麻煩你們了。」晏笙立刻將影像複製給對方。

「我們五天後再帶著寶寶一起過來。」晏笙評估著時間，又問：「五天後方便嗎？或者要更改其他時間？」

「可以、可以，那時候他們也回來了。」

「帶孩子們來是最好的，我們可以憑著孩子們的氣息找尋跟他們血緣親近的人……」

雙方約定好下次見面的時間後，赫希便帶著晏笙和阿奇納離開了。

第六章

百嵐聯盟的
榮譽公民

赫希將晏笙和阿奇納送到租屋門口就離開了。

他一走，晏笙和阿奇納的系統提醒聲隨即叮叮噹噹地響起。

原來在他們見到裁決者諾娃時，身上的系統就被自動屏蔽，就連直播間也被關閉了，觀眾什麼訊息都沒有獲得。

不只是天選者系統，就連萬宇商城系統也一樣，在永望島這裡，能夠暢行無阻的只有永望島當地的星網。

「咪嗚～～晏笙，商店信箱收到好多、好多客戶的信件，他們希望你幫忙他們找尋生命靈液、永生花、黃金樹葉和一些珍貴的植物！你要不要看看信件，回覆一下？」

「好。」

晏笙自然不會疏忽這些大客戶的需求，點開信件，一封一封閱讀和回覆。

而阿奇納也沒閒著，他正忙著跟直播間眾人敘述他們之前的遭遇，並炫耀自己拿到的新身分！

為了不干擾到晏笙，阿奇納是用意念輸入文字訊息回應的。

他說了自己和晏笙見到諾娃裁決者一事，又說了那個被誤認為是好運泉幽靈的人物其實是永望島另一位裁決者，還提到卜西多調查聖薩曦族星球毀滅一事，又說到毀滅聖薩曦族星球的邪惡怪物就是之後會毀滅百嵐聯盟星域的東西……

阿奇納：永望島之主已經派人去處理那些怪物了，我們應該會沒事！

阿奇納：永望島之主好厲害！他一個眼神就讓我完全動不了！真的好強大！

阿奇納：永望島之主的脾氣很好，他還獎勵晏笙，給他永恆貴賓的身分！晏笙拿到一塊領地！以後可以永遠住在永望島！

阿奇納：永恆貴賓是永望島最高等級的貴賓，權限很高，聽說到目前為止不到十人有這樣的資格……

阿奇納：卜西多裁決者要送禮物給晏笙，謝謝晏笙帶他回永望島，晏笙就跟他討了藍色貴賓的身分給我！是永遠的喔！沒有時間限制的喔！我以後也可以任意進出永望島啦哈哈哈哈……

阿奇納：晏笙最好了！他是我最最最好的好朋友！我好喜歡他！

阿奇納得意洋洋地對著直播鏡頭亮出手上的藍色手環，引發觀眾們的羨慕和忌妒，彈幕像浪濤一樣地在光幕上沖刷。

阿奇納很有分寸，並沒有說出晏笙是怎麼獲得永恆貴賓的身分，也沒說出元素精靈的存在，他覺得那些都是晏笙的秘密，他應該要為小夥伴保密。

他也沒說晏笙想將隨從身分卡送給奧莉亞他們，他覺得這種事情應該由晏笙自己來說。

觀眾們也不是沒有察覺阿奇納有所隱瞞，雖然有人想要繼續打探詳情，卻被其他人攔阻了，而晏笙那邊又沒辦法直接跟他對話，讓一些別有心思的人很是懊惱。

現在的晏笙已經不是任人拿捏的星際黑戶了，他是被永望島之主認可的貴賓，已經被收歸永望島的庇護之下，他們就算想動什麼歪腦筋，也要小心掂量，免得惹怒了永望島之主，給自己和部落帶來災難。

晏笙的身分變化在百嵐聯盟的意料之外，但又不覺得稀奇。

畢竟晏笙身上發生的各種奇事實在是太多了，在以往那些事件的衝擊下，百嵐群眾竟也漸漸習慣了。

——小晏笙以後就是永望島的人了，真捨不得。〔哀傷〕

——是啊，我還想繼續看他的直播呢！以後大概沒有了吧？〔揪手帕〕

——之前不是聽說要讓小晏笙提前成為百嵐公民嗎？現在這個就作廢了？

——肯定是作廢了！不是我看輕百嵐，可是誰會捨棄永望島的永恆貴賓身分，拿百嵐的公民證啊？

——是啊，我們自己都希望可以拿到永望島的入籍資格呢！

——上次那個誰誰誰，不就是參加永望島的某大商會考核，成為商會的職員，半隻腳跨進了永望島嗎？我記得那時候一堆人羨慕得不得了，他們族裡還開了三天的宴會慶祝呢！︹流口水︺

——永恆貴賓到底是什麼啊？有沒有人可以解釋一下？

——據說是最高級的永望島貴賓，是由永望島之主親自發送資格的，截至目前為止，能成為永恆貴賓的不到十個人！而且那些人都是一方霸主呢！

——這麼厲害啊！︹震驚︺︹激動︺

——我們的小晏笙大概是這些人裡頭實力最差的吧？︹掩嘴偷笑︺

——實力差又怎麼樣，他還是崽子呢！而且成長後的時空商人可是很厲害的！

——你們也太看輕小晏笙了，他可是幸運星！光用那身龐大的氣運就能壓死一堆人了好嗎！︹大笑︺︹大笑︺

——阿奇納可好了，抱住幸運星的大腿以後，從厄運王子變成幸運兒，還拿到了永望島的藍色貴賓！這是多少人奮鬥一輩子的目標啊！

——不、不，我的目標沒那麼高，能給我一個綠色資格我就很滿足了！

——阿奇納已經不是厄運小王子了，以後要叫他「被幸運神眷顧的小王子」！

——我記得，藍色貴賓可以擁有十個還是二十個隨從資格？

——想什麼呢！那個隨從資格肯定是塔圖內部自己消化了！

——真好。阿奇納從幸運星那裡得到那麼多好處，現在連他們部落也沾光了。

——沾光的又不只塔圖，瑪迦桑和美比亞菲不也一樣？還有那個普羅頓斯，達格利什之前拿了千眼珊瑚回去後，聽說現在好多人都進階突破了！

——大消息！大消息！我剛剛打聽到，百嵐聯盟議長們要去永望島找晏笙，好像是要給他榮譽公民證！

——咦咦咦？這樣的話，晏笙也算是半個百嵐人囉？

——呵，你就確定晏笙會同意嗎？

——為什麼不同意？我看他對百嵐也很有感情啊！

——難道只有我一個人覺得……議長們是去抱晏笙大腿的？

——……雖然我也是這麼覺得，可是還是給他們留點面子吧！〔掩面〕

——我們長老是去送榮譽長老的信物給小晏笙的喔！長老說，小晏笙永遠是瑪迦桑和美比亞菲的榮譽長老，這點不會變！

——塔圖也是！我們塔圖已經決定讓小晏笙當榮譽長老了！

在與聖薩曦族約定見面的前一天，阿奇納去護幼院接寶寶們來永望島，然而，他帶回的不只是三個寶寶，還有一群看上去很有威嚴的中、老年人。

晏笙並沒有太過訝異，因為在阿奇納動身之前，他就已經將他從部落長老那裡聽說的消息都告訴了晏笙，讓他知道百嵐聯盟打算頒發榮譽公民給他的想法。

星際中是可以擁有多重星籍的，但是因為多重星籍引起的糾紛不少，這導致擁有多重星籍身分的人，除了享受對應的權利之外，也受到許多約束和限制。

頒發給晏笙的榮譽公民身分就不同了。

榮譽公民的自由度很高，享有該星球公民的一切權利，卻沒有太多的約束，只要不違反該星球的重大法規，榮譽公民可以任意地行動，唯一的要求是，在該星球遭遇重大危機時，榮譽公民需要出面幫忙，給予協助。

阿奇納將這件事情告訴晏笙，也是想讓他有考慮的時間。

晏笙細細詢問了榮譽公民的相關資訊，思考了一下，最後決定答應了。

只是他以為，百嵐聯盟派來接觸他的人應該只有一、兩個，卻沒想到一來就來了十幾位。

看出晏笙的訝異和疑惑，塔圖族長第一個出面解釋。

「你好，我是塔圖部落的族長巴克爾，也是阿奇納的阿爸。」劍眉星目、容貌俊美的中年人說道。

「伯父好。」晏笙聽到是阿奇納的父親，態度立刻變得親近許多。

「哈哈哈哈……好崽子，我家臭崽子多虧你照顧了，你很好！」

巴克爾朗笑著摸了摸晏笙的腦袋，厚實的手掌很有力道，讓晏笙想起自家父親，心底多了幾分親近。

「阿奇納對我很好，他教了我很多東西，遇到危險的時候他都會保護我……」晏笙看著身旁的阿奇納，笑著誇讚。

「哈哈哈哈你不用替他說好話！這崽子的臭脾氣我了解，他可倔強了！」巴克爾爽朗地笑著，「以後要是阿奇納對你不好，你儘管跟我說！我揍他！」

「阿爸，晏笙都說我很好了，你怎麼一直說我壞話！」阿奇納不滿了。

「臭崽子，你以為我沒關注你的直播嗎？要不是小晏笙脾氣好，你早就挨揍了！小晏笙給你梳毛、幫你護理毛髮、找了稀罕又昂貴的滋補品給你吃，平常還有一大堆食物、零食、蛋糕、點心、水果……還幫你討了藍色貴賓資格！」

巴克爾嘮嘮叨叨地列舉晏笙為阿奇納做過的事，越說越是忌妒。

怎麼他當年去次元星域試煉的時候，就沒有遇到這麼好的小夥伴呢？

晏笙簡直把阿奇納當崽子在養啊！

比他這個當阿爸的還要像阿爸！

「你要好好孝順、啊呸！你要好好照顧晏笙！」差點口誤的巴克爾，連忙改了說詞，「你不要老是對晏笙耍脾氣、耍任性！晏笙太嬌弱了，你要保護好他，別讓他被人欺負了，知道嗎？」

要是有其他部落的崽子黏上來，也要記得趕跑啊！不然你就失去一條粗壯的金大腿了！

巴克爾眨著眼睛暗示，希望阿奇納能聽懂。

「沒問題！」阿奇納挺起胸膛，自信滿滿地說道：「我會保護好晏笙的！絕對會照顧好他！」

巴克爾：「……」臭崽子應該有聽懂吧？應該沒蠢到聽不出來吧？

「咳！」

旁邊一名衣著華麗、手持權杖的老者乾咳一聲，打斷父子倆的對話。

「你好，我是百嵐聯盟的議會長福雷歐里德，我們這次過來，主要是為了授予你榮譽公民的資格勳章，授予儀式需要有五位以上的百嵐議員做見證……」

雖說只需要五位見證者，但是基於各種原因，他們還是來了十多人，把阿奇納帶人進入永望島的名額都用了。

緊接著，百嵐議會長笑呵呵地說明榮譽公民身分的權利和義務，晏笙專注聆聽，神態自然，沒有因為這是他們巴著送上來的身分而得意自滿。

明面上，這個榮譽公民身分是因為晏笙幫助了瑪迦桑和美比亞菲的聖靈，又半賣半送地賣給百嵐聯盟命運金幣得來的，然而事實上，在場所有人都知道並不是這麼一回事，要是做這麼點好事就能夠得到榮譽公民身分，那麼這個身分也太廉價了！

晏笙能夠獲得這個身分，一部分是因為他的品格好，獲得觀看直播的民眾喜愛，另一部分是因為他獲得永恆貴賓身分的原因太過神秘，他們猜測晏笙可能跟永望島之主有什麼關係，想要藉著他這條線搭上永望島。

以上種種，阿奇納都跟晏笙分析過了，而晏笙也是在確實知道背後的詳情之下，理性地思考過後才答應的。

說得直白一點，百嵐聯盟也沒有要求他要為他們做什麼，給他這個榮譽公民的身分也只是想跟他攀個關係、博一個可能性而已，人家這是堂堂正正的陽謀，又不是在背後耍詭計的陰謀，選擇權也是交由晏笙取決，並沒有逼迫他什麼。

得到好處的他又為什麼要排斥？

榮譽公民的授予儀式過後，緊接著上場的是塔圖、瑪迦桑和美比亞菲的榮譽長老授予儀式。

榮譽長老只是一個象徵形式的身分，晏笙會像長老一樣得到部落族人的尊重，但是他在部落中沒有任何實權。

收下三枚具有部落特色的信物後，晏笙拿出空白身分卡片，給了百嵐聯盟五百張，讓他們自行分配，接著又給了塔圖、瑪迦桑和美比亞菲各五十張。

餘下的卡片晏笙自己留著，想著日後或許會用得上。

「這些身分卡雖然是掛在我的名下，但是我並不會約束你們的行動，也不會強制你們替我辦事，這一點你們可以放心，但是相對地，要是你們觸犯了永望島的規定，我也不會替你們求情。」

晏笙把醜話說在前頭，而他的言論也獲得眾人的認可。

「放心！要是有人敢用你的名義鬧事，老子把他的頭給扭下來！」先前還端著和善長輩模樣的巴克爾，瞬間變成霸氣土匪。

晏笙笑了笑，接著往下說：「身分卡擁有自由進出永望島和墟境的權限，而且跟藍色貴賓一樣，可以額外帶二十個人……」

也就是說，百嵐聯盟可以靠那五百張空白身分卡，帶一萬個人自由地進出永

望島和墟境。

「這些身分卡是可以轉移的，繼任者只要去永望島的大廳取消上一任的擁有者身分，再滴血鎖定自己的資訊就可以……」

還有一種方式是用晏笙的永恆貴賓權限進行更換人選的動作，但是晏笙既然說了不會去干涉他們的行動，自然也就不會提出這種方式。

沒想到來這一趟還有這樣的意外之喜，所有人都樂得眉開眼笑，他們現在只想著快點回去百嵐，討論該怎麼分配這五百張身分卡。

「對了，你查一下天選者系統的帳戶和信箱，直播觀眾的打賞和禮物應該都轉過去了。」臨離去前，巴克爾提醒道。

天選者們考核結束後，百嵐聯盟就會將他們的直播獎勵給他們，順利成為百嵐公民的，就會收到八成的打賞和禮物，而沒有通過考核成為公民的，也能拿到三成份額，那些被扣除下來的打賞並不是被百嵐聯盟私吞了，而是用於天選者系統維護和資助護幼院這類的公益機構上。

就算是阿奇納他們這些百嵐公民的直播，拿到的打賞和禮物也只有七成。

既然晏笙成為榮譽公民，直播間的事情自然會跟他說明清楚，要是他日後打算繼續直播，他的權限會跟阿奇納他們一樣，可以和直播間的觀眾們互動往來，不再像之前那樣，只有觀眾們自己在直播間聊天，被錄像的主角完全不知情。

看著信箱裡頭的打賞和禮物明細以及附加在上面的留言，晏笙心口泛出一股暖意。

明明他們都不認識、也沒有交流過，可是這些人卻默默地支持他、為他加油，都是一群好人吶……

他之前得知天選者身上有名為直播、實為監控的存在時，也曾經設想過觀看的百嵐公民觀看天選者的直播時會是什麼樣的反應？是像電影《楚門的世界》那樣，當成娛樂和搞笑的事情看待？又或者根本沒人關心、沒人觀看？

現實情況比他預想中要好很多，這些觀眾都是抱著善意看待他們這些天選者的，也因為這樣，晏笙對於直播的排斥感少了許多。

再加上阿奇納說過，他們這些前來次元星域試煉的未成年人身上也有直播系統，除了他們可以跟觀眾們互動之外，其餘的福利待遇都是跟天選者一樣的，這讓晏笙心底餘下的一點彆扭也放下了。

要是百嵐聯盟偏向他們自家人，晏笙可以理解，因為這是人之常情，但是百嵐聯盟卻做到一視同仁，這可就很不容易了。

晏笙心想，為了這群喜歡他的朋友，日後他還是會繼續直播的……

況且，就算他不直播了，阿奇納也會直播啊！

他們都是一起行動的，他又不可能為了迴避鏡頭而躲開阿奇納！

送走百嵐聯盟的人後，接下來就是晏笙、阿奇納和寶寶們的家人時間。

一家子親親熱熱地敘舊，聽著寶寶們述說學校裡的生活。

寶寶他們還不曉得他們為什麼會被帶來這裡，但是可以提前放假讓他們很開心。

阿奇納為他們辦理請假時，已經跟老師們說明了，這趟行程是要帶寶寶們回歸部落的，請假會請多久？日後會不會回到學校繼續求學？這些全都不確定，一切都要等他們跟聖薩曦族人討論過才知道。

學校老師很體諒他們的情況，讓阿奇納為寶寶請了長假，並微笑著祝福他們一切順利。

崽子們說完了學校生活，話題也就進入了主題。

晏笙和阿奇納互相用眼神打暗示，晏笙希望由阿奇納開場，阿奇納撇了撇嘴，很慫地低頭吃點心。

晏笙：「……」我就靜靜地看著你。

然而，不管晏笙怎麼看、怎麼盯、怎麼瞪著阿奇納，阿奇納就是裝死不抬頭，面前的蛋糕吃了一塊又一塊，餅乾吃了一盒又一盒，一副「我要吃到天荒地老」的模樣。

好吧！算你贏！

晏笙甩了一記大白眼，輕咳一聲，提醒同樣在吃點心的崽子們注意。

「前幾天我跟阿奇納意外聽說，聖薩曦族遷移到這裡，我們特地跑去他們的居住地探望，也跟他們交談過，他們都很高興你們還活著，也很歡迎你們回歸族裡……這次接你們過來，就是想帶你們去見你們的族人。」

「你們就要回歸族裡了，驚不驚喜？開不開心？」阿奇納調侃道。

「……」三隻崽子一陣安靜。

他們的臉上有驚訝、有茫然、有無措、有慌張……

就是沒有晏笙和阿奇納預期中的高興。

「啾嘰！大爸、小爸，你、你們不要我們了嗎？」大寶哽咽著，委委屈屈地詢問，而後嘴巴一咧，嚎啕大哭起來。

他這一哭，二寶和小寶也跟著哭了。

「嘰啾！大爸、小爸，二寶會乖乖噠、我們都會乖乖噠！不要送我們走，啾啾！」

「嘰一，大爸、小爸，不要丟掉我們，啾一！」

三隻寶寶平常總是歡快又開朗的模樣，其實他們心底還是存有恐懼的。

他們還在蛋裡的時候就遭遇大難，而後又經歷被迫跟家人分離，茫然地在宇宙中飄流，身旁的夥伴遭受撞擊、蛋殼出現碎裂死去的情況，即使他們身處蛋中，也能感應到那兩位死去的同伴掙扎求生，以及那兩位同伴死前的悲鳴……

要不是晏笙誤打誤撞地救了他們，他們可能會像那兩顆死蛋一樣，遭遇同樣的命運。

晏笙和阿奇納在他們孵化時不斷為他們加油打氣，給了還在蛋殼中的他們溫暖，之後又陪伴著他們玩耍嬉戲，給予他們安心感，讓他們從陰霾中走出，在這種情況下，晏笙和阿奇納在他們心中的分量可比那些沒見過面的族人要重要多了！

可以說，晏笙和阿奇納是他們認定的家人，是他們在跟死亡對抗、掙扎時，抓住的那一抹希望。

看著三隻小崽子哭得抽抽噎噎、鼻涕眼淚齊飛，晏笙和阿奇納又好笑又無奈地將崽子們摟到懷裡。

「乖，別哭。」晏笙拿出手帕為寶寶們擦去眼淚，「我們沒有要丟掉你們，只是想讓你們跟族人相聚，難道你們不想念族人嗎？」

晏笙不敢說讓他們回去跟家人團聚，他已經得知聖薩曦族在那場災難中死傷慘重，可說是十不存一，寶寶們失去家人的可能性極大。

「回歸族裡有什麼不好？你們族裡教你們的東西外面都學不到！」阿奇納用手帕胡亂地抹了大寶一臉，惹得大寶一臉嫌棄。

「啾嘰！你們保證不會丟掉我們？」大寶拍著翅膀，搶過手帕替自己擦臉。

「嘰啾！你們保證不會不帶我們回家？啾啾！」

「嘰一，小爸，我想跟你在一起，啾一！」

「我們從沒想過要丟掉你們。」晏笙無奈苦笑，溫聲安撫道：「我們只是覺得你們有族人照應會比較好，畢竟我們的種族不同，很多事情我跟阿奇納都不知道該怎麼教你們。」

「晏笙說得對！」阿奇納點頭附和，「我能教你們戰鬥，可是我沒辦法教你們飛翔，我聽說你們以後會褪去絨毛、長出硬羽，到那時候就要學習各種飛行技巧了，這些我跟晏笙都不懂。」

三隻崽子在晏笙和阿奇納的安撫下，心情漸漸平復下來。

「啾嘰！那好吧！我們就聽你們的話。二寶、小寶，不要怕！」大寶很是大氣地安慰兩個弟弟，彷彿之前那個哭得停不下來的崽子不是他一樣。

「嘰啾！什麼時候過去啊？啾啾！」

「嘰一，要帶糖果給他們嗎？啾一！」

寶寶們也不是不想見到族人，他們只是擔心會失去晏笙和阿奇納兩個家人，在確定兩人沒有拋棄他們的想法後，對於回歸族裡一事倒是萌生了期待。

「聖薩曦族的居住地在這裡，以後我們的新家在那裡。」

晏笙調出永望島地圖，指著聖薩曦族所在的森林以及他的領地給寶寶們看。

「啾嘰！以後我們是住在新家，還是住在族裡呀？」大寶問出很關鍵的問題。

「這個要等明天見到你們的族人後再跟他們討論……」晏笙回道。

「嘰啾！那我們還要回去學校上學嗎？啾啾！」二寶問道。

「應該是不會回學校了。」晏笙遲疑地說道：「你們可能會待在族裡跟其他崽子一起學習，也有可能會在永望島這裡上學……等明天我再問問你們族人。」

晏笙也不清楚聖薩曦族是自己教導崽子還是統一將崽子們送到學校去。

「嘰一，族裡跟我們一樣大的崽子多嗎？啾一！」小寶眨著眼睛，很是好奇。

「這個我也不清楚……」晏笙回憶著他們去聖薩曦族的那天，似乎只看見成年人，沒見到小崽子。

該不會他們的崽子都……

一想到那個悲傷的可能，晏笙隨即晃晃腦袋，將那個不幸的猜想甩開。

「去聖薩曦族拜訪要帶些禮物過去吧？要買什麼？」

晏笙點開商城的主頁面，上面有生物、機械、食品、衣物、工具、裝備、藥劑、知識等幾十個大分類，也有商家推出的各種廣告和優惠活動。

「啾嘰！買大桶的冰淇淋給崽崽們吃！買安奶特家的火山冰淇淋！」大寶提出他最近很喜歡的冰淇淋店家。

「嘰啾！買蛋糕！買大大的、漂亮的、好好吃的蕎克瑪祺塔蛋糕！啾啾！」二寶選擇顏值和口感都很優秀的蛋糕店招牌商品。

「嘰一，要、要買好吃噠餅乾、好吃噠果凍、好吃噠魔法糖果、好吃噠甜圈圈、好吃噠巧克力蛋糕……啾一！」小寶選的是一間名為「好吃噠」的零食店。

「買一些玩具吧！這幾間有在打折，東西看起來都不錯！」阿奇納點了螢幕上的幾間商店。

晏笙微笑著將寶寶們和阿奇納提議的東西都買下，又買了幾種適合崽子和老年人吃的滋補品，想了想，他又從空間裡頭取了幾種珍貴藥植和十公升的生命靈液，這些是要給那些傷患的。

「這裡到聖薩曦族有段距離，我計算過路程，大概要兩個多小時，大家今天要早點睡，明天早點起來喔！」

晏笙催促他們去浴室洗澡，早早上床睡覺。

他們居住的社區跟聖薩曦族的森林相隔了幾座城市，就算永望島有便利的傳送陣，部分地區也需要搭乘懸浮車和飛艇進行轉運，要是不小心迷了路，那就要耗費更多的時間了。

隔天一早，他們還不到六點就起床了，一家子迅速地盥洗、吃早餐，七點鐘啟程出發。

當他們經歷了彎彎繞繞、迷路找路、走錯傳送陣等情況，好不容易抵達聖薩曦族的森林外圍時，時間已經是上午九點半了。

「你們來啦！快請進！」先前見過的月狐．明光早就站在森林外頭等待。

他笑嘻嘻地走在前方領路，目光時不時地打量大寶他們。

「你們把崽子們養得真好，冠羽很亮，身體也圓圓胖胖的，一看就很健康。」

月狐．明光原本還擔心晏笙和阿奇納都沒成年，應該不懂得該怎麼養崽子，卻沒想到他們把崽子們養得這麼健康，身上的氣息也比部落裡的崽子都要強壯。

「崽子們叫什麼名字呀？」

「啾嘰！我是哥哥，叫做大寶！」
「嘰啾！我是二哥，二寶，啾啾！」
「嘰一，我是最小的弟弟，小寶，啾一！」
「我們只取了小名，正式的名字想等他們長大了，問過他們的意見再取。」晏笙尷尬地解釋，不希望月狐．明光誤會這就是寶寶們的大名。
「很好啊，我們也都是這樣，先有一個小名，等到長出硬羽之後才取正規名字。」月狐．明光贊同地笑道。
晏笙原以為他們會跟聖薩曦族人在之前見到的鳥巢屋會面，卻沒想到月狐．明光領著他們穿過那片鳥巢屋，又往森林內部走了一段路程，直到來到一處廣大如同海洋的大湖邊才停下。
晏笙按照之前看過的地圖判斷，這湖泊應該是與海灣相連，出了海口再往南走一段路就會抵達他的領地。
湖泊邊緣蓋滿了房屋，這些房屋形似戰車，又像是串聯的堡壘，橫跨在湖泊和陸地之間，湖泊中央處有著零星的幾座小島，上面同樣蓋著建築物。
「這裡是我們的族地，之前那邊是讓傷患養傷的地方。」月狐．明光解釋了一句，隨後領著他們到一座規格最大、屋頂處鑲著一顆巨大球體的大型建築物前。

「這裡是我們接待客人的接待館，你們可是這裡的第一批客人。」月狐．明光朝他們咧嘴笑著，只是眼神中藏著些許落寞。

月狐．明光的爺爺是長老，專門負責接待外賓的，小時候的小明光經常跟著爺爺出入各種場合，而接待館是他最熟悉的地方，因為那裡是爺爺的辦公場所。

母星上的接待館莊嚴又漂亮，規格比眼前這個接待館要大上好幾百倍，許多外賓來了都要讚賞幾句，根本不是眼前這棟簡陋的小房子能比的。

經歷過母星的盛世繁景，現下的一切都讓月狐．明光很不適應，簡直就像是從一個富豪變成流浪漢一樣，不過他也不能埋怨什麼，比起那些死去的族人，他已經很幸運了，至少他的爺爺和哥哥都還活著，而不是像其他人那樣家破人亡。

接待館的主廳內，現任族長和幾位長老已經坐在其中，在他們的身後和大廳角落處站著護衛，而主廳兩旁的偏廳也有不少人待在裡頭。

雙方一陣寒暄後，晏笙送上了預先準備好的禮物。

晏笙準備的禮物除了藥植和生命靈液比較貴重之外，其他都是適合聖薩曦族現在情況的東西，這麼貼心的準備讓聖薩曦族人很是高興。

「謝謝，你有心了。」聖薩曦族長讓人將禮物收起，並拿出兩顆能量寶石回贈。

「這是我們聖薩曦族自己製作的東西，不是什麼稀罕物。」族長嘴上自謙著，神情中卻隱隱透出自豪。

聖薩曦族是宇宙中最厲害、最優秀的寶石製造師，他們的種族天賦讓他們可以提煉、解構和重組各種能量，並將能量凝結成寶石般的結晶體，他們還能夠對能量寶石進行雕刻和附魔，提升能量寶石的功效並附加其他的屬性。

聖薩曦族製作的魔力寶石用途極廣，可以鑲嵌在裝備、武器、伴生武器、能量飾品和魔法陣等物品上，能量寶石除了可以強化力量之外，還具有治療、保護、淨化、輔助修煉、救命等功能，不少星球領主和強者都捧著禮物送上門，就為了求購一顆適合他們的能量寶石。

族長贈送給晏笙和阿奇納的能量寶石等級並不高，適合他們現階段使用。在聖薩曦族人看來，送禮物就應該要送最合適的，而不是最好的。就算拿到最好的能量寶石，要是沒有力量駕馭它、操控它，那也只是一件美麗的擺設而已。

寒暄過後，緊接著就是讓三隻崽子認親了。

「這是尋人的裝置，我們所有族人的血脈資料都在裡頭。」族長拿出一個掌心大的水晶圓盤，「讓崽子們滴一滴血在圓盤的中心處，它就會自動搜尋相關的血脈親人。」

尋找的步驟分為三個階段，第一個階段是搜尋直系血親，要是找不到直系血親，就會展開第二階段的旁系血親搜尋，要是直系和旁系都找不到，第三階段就是搜尋天賦和屬性能力與崽子們相同的人，從中挑選出一位成為崽子們日後學習的引導師和監護人。

搜尋結果很快就出爐了，大寶和二寶都沒了親人，小寶有一個叔叔還存活著，不過那位叔叔跟其他同伴出海去無盡海了，要過段時日才會回來。

大寶的天賦屬性偏向戰鬥，因此他的監護人也是戰鬥屬性的，監護人名叫「夜狼．山嵐」，是一位帥氣的中年大叔。

二寶的屬性偏向藝術和創造方面，監護人是一名容貌俊美、藝術氣息濃厚的寶石雕刻師，名字叫做「靈兔．銀星」。

最重要的事情完成了，接下來就是日常生活的瑣碎事務需要討論了。

寶寶們最在意的事情是「他們要住在哪裡？」、「以後是要在族裡上學還是回原學校？」以及「跟大爸、小爸的關係還能維持嗎？」。

族長的提議是，寶寶們化形之前是最脆弱的，建議他們住在族裡，跟其他崽子們在一起，等到硬羽長齊了、能夠化形成人了再跟晏笙他們住。

至於跟晏笙他們的親人關係？

當然可以持續啊！

他們聖薩曦族可不是忘恩負義的種族，晏笙和阿奇納救了崽子、將他們養育長大，雙方的感情又那麼好，他們可不會像惡人那樣，拆散他們。

「請問寶寶們的硬羽大概什麼時候長出？」

「這要看他們的發育情況。」族長回答道：「要是營養供給足夠，身體發育健康，大概一歲左右就會長出第一根硬羽，有的崽子九個月、十個月就長硬羽了，也有崽子的發育比較慢，拖到兩、三歲才長硬羽的……」

晏笙計算了下時間，寶寶們現在差不多八個月了，差不多是要長硬羽的時候了。

「崽子長硬羽之前會有徵兆嗎？」晏笙關心地詢問：「在那之前需要補充營養或是做什麼準備嗎？」

「沒什麼需要準備的，吃飽、睡飽、玩好就行了。」族長笑呵呵地回道。

「小寶他出生前蛋殼有毀損，不曉得他的身體會不會有隱患？」晏笙有些憂心地說道：「我們有帶三個崽子去醫院檢查過，醫生說小寶只是有些營養不良，多吃一些營養的食物就行了。」

「等他們搬進族裡以後，我們會再對他們進行詳細檢查。」族長示意副手將

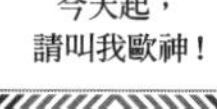

這件事情記錄下來。

「請問我們以後想探望寶寶們時，多久來一次比較方便？」晏笙又問。

族長面露訝異，似乎有些奇怪晏笙為什麼這麼問。

「你們是崽子們的親人，什麼時候想來都可以。」

「我的意思是，崽子們不是要念書學習嗎？我怕會打擾到你們上課。」晏笙說明著自己的想法。

「也對。要不，你們以後就下午過來吧！」族長說道：「教課都是在早上教學，下午是讓他們練習飛翔和玩耍的時間。」

該問的都問清楚後，晏笙又跟隨族長等人前去觀看崽子們居住的地方。

遷移到這裡以後，因為要做的事情太多，聖薩曦族的人手嚴重不足，所以幼崽都是被安排住在一起，由專人去照顧他們，等到他們的父母親人和監護人忙完工作，再來接他們回家。

也因為所有幼崽都被平等對待，享受著同樣的資源，那些失去父母親人的幼崽少了幾分敏感和不安，崽子們都相處得很愉快。

參觀完環境後，三隻崽子就此住下，晏笙和阿奇納也跟他們約定了，以後會經常來探望他們，每天晚上都會與他們通訊聯繫，就像以往他們在學校裡那樣。

第七章
組團刷墟境副本

為了不讓大寶他們覺得孤單，除了每天晚上視訊聯繫之外，晏笙和阿奇納每隔三、四天就會攜帶各種食物、水果和玩具去探望他們一趟。

晏笙每次帶去的禮物都是足夠所有聖薩曦族幼崽分享的，甚至連教學老師也能分到，沒有人遺漏，這也讓晏笙和阿奇納成為崽子們最喜歡的大哥哥。

晏笙的慷慨贈送雖然讓所有幼崽開心，卻也引來聖薩曦族人的關心，他們擔心晏笙花錢太過大手大腳，生活會有問題。

晏笙笑著解釋，他現在是永望島的永恆貴賓，在永望島官方經營的商店裡購買物品，可以獲得三折到五折的大折扣，採買這麼多東西並沒花到多少星幣。

這麼優惠的折扣也讓他變成「中盤商」，他學著其他商人採買永望島的商品到萬宇商城販售，那些商人的定價是商品原價的兩倍到五倍，晏笙參考著商城的定價，讓自己轉賣的商品定價只比他們的價格低一些，沒有影響到轉售市場的價位。

雖然他也可以用永望島的原價出售，但是這樣一來，那些辛苦跑來永望島進貨的商人就會被他攪和了生意，還會被顧客以比價的方式打壓價格，往小了說是影響市場，往大了說就是跟那些商人結仇。

晏笙沒打算招惹麻煩，也不希望那些商人為了利益針對他。

這不是慫，而是在強大起來之前，要先學會收斂鋒芒、迴避危險、適應圈子裡的規則。

在和崽子們互動和充當中盤商之餘，晏笙和阿奇納還忙著布置領地空間，他們採買了大量的植物和動物放進領地裡，完善領地裡頭的生態圈，將領地裝飾成一個生氣勃勃的小世界。

當他們忙完領地的瑣碎事務時，時間已經過去三個多月，大寶和二寶都長出了第一根硬羽，唯有小寶還沒有動靜。

晏笙擔心小寶的身體情況，但是在聖薩曦族人檢測過後，確定小寶的身體沒有問題，他的身體雖然沒有大寶和二寶強壯，卻也比其他聖薩曦族的崽子要好，長出硬羽只是時間早晚的問題。

聽了聖薩曦族人的安撫後，晏笙這才鬆了口氣。

經過這段時間的適應，寶寶們也不再像之前那麼黏著晏笙和阿奇納，這讓兩人有更多的自由時間可以安排。

「我們去墟境吧！」阿奇納興沖沖地提議道。

「墟境？就你跟我？你確定？」晏笙瞪大眼睛，難以置信地再度詢問。

「去一星的墟境，應該……不會太危險吧？」

被晏笙這麼一反問，阿奇納也面露糾結。

他雖然一直都在鍛鍊自己，可是他也沒去過墟境，對於墟境的了解都是聽家人和族人說的，裡面到底有多危險，他還真是不清楚。

「我聽我阿爸說過，他以前在我這個年紀的時候，去過一星的墟境，他說他在裡頭獵了好多獵物……我阿爸都能去，我應該也是沒問題的。」阿奇納對自己的實力有著謎之自信，並不認為自己會輸給父親。

「我相信你的實力！但是我不相信我自己啊！」晏笙搭上他的肩膀，很是無奈地說道：「你確定帶著我這麼一個拖後腿的，不會出事？」

「……」阿奇納還真不能保證不會出事。

雖然被晏笙說得動搖了，但是阿奇納還是很想去墟境看看，畢竟塔圖人的血液裡天然帶著冒險基因。

「你的運氣好，應該不會有大問題。」阿奇納試圖從玄學方面去說服晏笙。

「……我覺得我們可以做更保險的規劃，例如多找幾個人組團？」晏笙相信「人多力量大」這句話。

「要是被那些團員拖後腿或是背後捅刀呢？」阿奇納不信任外人，「我阿爸跟阿姐都說，跟外人組團很危險，因為他們總是會為了利益背叛你。」

「可以找自己人啊！」

晏笙從來沒想過隨便找路人組團，他以前玩遊戲時，最不喜歡的就是組路人團，遇到好隊友那還行，就怕遇見坑隊友，那可真是相當折磨人了！

「我們可以找你的小夥伴們組團！」

他聽阿奇納提過好幾次族裡小夥伴的事情，對他那些朋友好奇很久了，現在既然有這個機會，自然可以找他們一起。

再說了，塔圖族人都是擅長戰鬥的，有這麼一群王牌戰士組隊，也就不用怕他拖後腿了。

「要找他們啊？也行！」

阿奇納隨即發出一則群體訊息詢問參與意願。

他的那些小夥伴都在次元星域進行試煉，聽到可以進入墟境，一個個都回應說要參加，但是因為他們各自手頭上都還有事情要做，再加上從次元星域到永望島也需要一些時間，他們便約定一個月後在百嵐聯盟集合，由阿奇納去帶他們過來。

而晏笙也利用這一個月的空檔進行加強特訓，努力讓自己不會拖後腿，害了團隊。

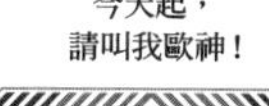

一個月後，阿奇納跟晏笙借了二十張身分卡，帶回了四百多人。

這四百多人裡頭，有一半是未成年人，另一半是已經成年幾年的，而且並不全是塔圖族人，也有其他種族成員。

之前晏笙送給百嵐聯盟的身分卡已經被分配一空，那些部落都拿著卡片進入三星以上的墟境，能去三星墟境的人都是在部落裡已經獨當一面的戰士，不包括這群未成年和才剛成年幾年的人。

三星對他們來說，難度還是太高了，這回聽說要去的是一星墟境，所有聽到消息的人都蠢蠢欲動了，而沒接獲通知的也從觀看直播的親友們那裡取得消息，厚著臉皮跟了上來。

幸好阿奇納臨出發前，晏笙擔心人數會有變動，多給了幾張身分卡，不然還真沒辦法帶回這群人。

晏笙不知道，就算有二十張身分卡的名額，還是有一堆人沒能加入這次的活動。

這四百多人中，有十六位是經驗豐富的老戰士，他們陪同前來是為了在危急時救人，並擔任指導老師，教導他們在墟境中如何戰鬥和生存。

「大家都是要一起行動的嗎？」晏笙看著龐大的人數，心底卻是想著，他們這麼一群人浩浩蕩蕩地進入墟境，差不多能夠直接占領墟境了吧？

「不是一起行動的，團隊人數太多的話，會達不到鍛鍊效果。」阿奇納說出他們事先討論好的安排，「我們打算拆成八團，一個團隊大約是五十個人，每團都有兩位教頭跟著指導。」

「要是有其他想法，也可以說出來大家一起討論。」較為年長的教頭「巴基」擔心晏笙會因為他們的「自作主張」而不滿，隨即溫和地打圓場。

畢竟這件事情說穿了也是他們占了晏笙便宜，人家當初只是想組個小團去墟境闖闖，被他們這麼一摻和，小團就成了四百多人的大團，珍貴的身分卡就這麼被用光了，換到其他人身上都會不高興。

「我也是去學習的，這方面的事情我不懂，全都聽你們的。」晏笙毫不在意地笑道。

他對自己的定位很清楚，他就是一個跟著團隊的後勤人員，遇到危險時，站遠遠地練練槍法、訓練一下自己的應變能力，這樣就行了。

他從沒想過一口氣吃成大胖子，沒想過一下子就變成頂尖高手，以往體弱多病的他能夠在重生後擁有一副健康的好身體，他就已經很滿足了。

說清楚情況後，一群人很快就分好團隊，未成年人被限定只能在一星墟境行

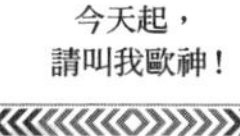

動，而那些已經成年的人則是先在一星墟境體會一番，了解自己的實力和墟境怪物的差異後，再考慮要不要移動到二星墟境去。

負責晏笙和阿奇納這個團隊的兩位教頭，一位是塔圖部落的中年帥大叔「巴基」，另一位是賽博格部落的「奧德里」。

賽博格是一個相當特殊的種族，他們是一種機械生命體。

賽博格人的外觀看起來跟人類差不多，身體構造是機器構成，但是他們跟純粹機械不同的是，賽博格人需要進食補充能量，他們會受傷、會流血，他們還擁有感情和感性——只是他們的感情和感性面較為微弱，經常是以理性分析為主，很少人能看見賽博格失態的一面。

除了性格較為冷情這個小小缺點之外，賽博格人在其他方面可說是極為出色。

他們的五官完美、身材比例極佳、具有高度智慧和戰鬥能力，可以說是一個相當接近完美的種族。

奧德里的容貌無疑是極為出色的，煙灰色長髮、鐵灰色眼瞳，五官立體分明，寬肩、窄腰、大長腿，不管從哪個角度看都是無死角、無缺點，美好得像是一幅畫。

但是晏笙還是偏愛阿奇納的外型，奧德里太過好看了，漂亮得不像真人，像是精雕細琢的白瓷人偶，清冷、疏離且沒有人氣。

當然啦！這樣的評斷只是基於奧德里「高冷」的外表判斷，並不代表對方的真實性情。

組好團隊後，他們在附近找到一處進入墟境的「門」，墟境的門是一個菱形形狀，看起來很像眼睛的晶體，名為「界眼」。

界眼遍布永望島各處，從不同的界眼進入會出現在墟境不同的位置，而相對地，想要離開墟境的時候，也是要透過墟境中的界眼離開。

每一個界眼旁邊都有一個八角柱狀的裝置，那裡是投入命運金幣的地方，而像是晏笙和阿奇納這種不需要命運金幣的身分，只需要讓儀器掃描他們手上的身分環，讓系統辨識身分即可。

而拿到空白身分卡的人，也是以掃描身分卡的方式進入。

當晏笙掃描過身分後，八角柱投影出一面光幕，上面有幾個選項，供人選擇要進入幾星的墟境。

晏笙點選一星墟境後，緊接著又冒出一個詢問，問晏笙是要隨機進入某個一星墟境，或是要指名進入某個一星墟境？

如果要指定地點，需要輸入該墟境的座標編號，或是在系統供應的選單中挑選一個。

「還可以指定的啊？我還以為都是隨機的。」教頭巴基嘖嘖稱奇。

「這是基於身分而有所差異。」奧德里語氣平淡地回道：「使用命運金幣就是隨機，而身分達到藍色貴賓等級的，像晏笙和阿奇納他們這種，就可以自由選擇。」

賽博格人向來喜歡收集各種資訊和知識並進行研究和學習，被稱為「移動的資料庫」，整個百嵐部落大概就是他們對於墟境最為了解。

光幕供應的墟境選項高達十幾萬個，讓晏笙看得眼花撩亂，完全不知道該怎麼選擇。

「選最後一頁的。」奧德里給出了建議，「這些選項是按照墟境空間創建的順序排列，排在第一頁第一個的就是最早創建的墟境世界。」

晏笙一邊聽著奧德里的說明，一邊翻到最後一頁。

奧德里對於晏笙的配合滿意地點頭。

「我們雖然是為了訓練而來，但是也要考慮到資源問題，付出和收穫至少要打平。前面的墟境都被許多人進入搜刮過了，雖然永望島他們會補充消耗的資源，但是補充的量並不多……」

就在晏笙準備點上最後一個墟境世界時，突然又冒出一個新的世界編號，晏笙想也不想地選擇了它。

「很好，這是一個剛創建好的全新世界，裡頭的資源肯定不少。」奧德里的嘴角上揚幾度，露出一個不太明顯的笑容。

選擇好墟境空間後，緊接著便是要輸入進入該墟境的人數。

「輸入四百四十一，所有人都進去！」巴基插嘴說道。

難得遇見一個新開闢的墟境空間，當然要進去大肆搜刮，這可是賺錢的好機會啊！

「是四百四十二，你漏掉晏笙了。」奧德里糾正道。

阿奇納和身分卡都可以帶二十人，加上他們自己便是二十一人，二十一乘以二十一便是四百四十一，再加上晏笙就是四百四十二。

「哦！對！」巴基哈哈大笑，絲毫不覺得尷尬，「你也知道我的數學向來不好，弄錯了很正常。」

晏笙也被巴基的反應逗笑了。

輸入團隊人數後，數枚雞蛋大小的金屬球體從界眼內部飛出，飄浮在空中形成一個環狀圓形，被這些金屬球框出的空間出現水流般的牛奶色漩渦，這便是進入墟境的通道口了。

「走了！排隊進去！不要推擠啊！」巴基提醒道：「到達以後記得往前多走幾步，讓開通道口，別擋到後面的人。」

通道口很大，可以容納十幾個人並排走入，讓他們可以很快就穿行過去。

界眼的開口位置是一處竹林，竹子的外皮顏色是很特別的紫色，竹子的形態跟晏笙以往見過的沒什麼不同。

他好奇著這片紫竹林的價值，對附近的竹子做了鑑定。

「品質上等的紫竹，元素物種，屬性：無。」晏笙唸出鑑定結果，「可以食用、製作成武器和藥劑。」

元素物種指的是蘊含大量元素的東西，一般而言，元素是有屬性區別的，不同的屬性會有不同的使用限制，其中又以無屬性最為珍貴，因為無屬性便是所有生物都能食用，百無禁忌。

「無屬性的？」

阿奇納直接掰斷一根手臂粗的竹子，張嘴咬下。

「好吃！甜甜的，口感很脆，能量很純淨！」

「好吃嗎？那我也要吃吃看！」

其他人學著阿奇納的動作，各自挑了一根竹子折斷，「咔喀咔喀」地啃得極為歡快，而一些不能直接進食的部落，也砍了竹子收進空間裡頭儲放。

「……」

看著這群抓著竹子猛啃的夥伴，晏笙莫名覺得這竹子似乎很好吃，也想吃吃看。

尚存的理智沒讓晏笙直接上嘴啃竹子，他低著頭在地面找尋一番，還真被他找到不少竹筍。

竹筍的外殼同樣是紫色，去掉竹殼後，淡粉色的竹筍露了出來。

晏笙先做了鑑定，確定竹筍無毒、可食用後，這才下嘴啃。

竹筍吃起來相當脆嫩，口感清爽，泛著微微的甘甜味，能量純淨又溫和。

「這東西好吃嗎？」旁邊傳來詢問聲。

「好吃，很脆、很嫩。」晏笙猛點頭。

他的胃口小，吃了半截就有點飽了，剩下的便收進空間裡頭儲放。

那些牙口沒有塔圖族好的人，見到晏笙都能生吃竹筍，也紛紛埋頭找了起來，接下來便是同樣地剝殼、品嘗。

「好吃耶！吃起來脆脆的。」

「我不愛吃甜的，不過這甜味很淡，可以接受。」

「往上撒點辣粉也好吃。」

於是乎，整個團隊進入墟境後，還沒踏出第一步，就被這片美味的紫竹林「困」住了。

「好東西啊！」巴基啃了兩根紫竹後，一抹嘴巴，「崽子們！把這片竹子跟竹筍都挖了！」語氣非常地豪邁，非常地土匪風範。

「好！」

崽子們喊出了掃蕩一切的氣勢。

搜刮的過程中，他們不免遇到棲息在紫竹林中的小怪物，這些小怪物只有貓咪大小，輪廓狀似老鼠和蛇，但卻是一團灰紫色的半透明模樣，像是淋了水、被沖淡顏色的畫，介於真實和虛幻之間，不太像是活物。

「這就是墟境裡頭的怪物。」巴基直接掐住一隻老鼠的脖子，跟眾人介紹道：「墟境的怪物不同於真實的怪物，它們是被『製造』出來的。」

「為什麼要製造這些啊？」

阿奇納等人不解。

「問得好！」巴基爽朗地笑道：「這一點就讓奧德里來跟大家解說吧！」

他和奧德里早就分配好工作了，他負責進行戰鬥方面的指導，而奧德里則是解說墟境的一切。

「墟境一開始是永望島之主用來鍛鍊自己手下的地方。」奧德里配合地開口，「最早的時候這裡的怪物都是從別的地方抓來的，後來他們覺得這種方式太過浪費時間和人力，就自己仿著真實的怪物製造，也就是說，你們只要能夠通關所有墟境，就等於了解大多數宇宙星際的星獸和魔物了……

「你們來到的是一星墟境，這裡的怪物最低階，可以徒手跟這些怪物對抗，往後的墟境星級越高，怪物就越厲害，有些怪物是完全的霧氣狀態，抓都抓不住，還有些怪物一般武器對它無效，只能透過伴生武器和專業的能量武器進行攻擊……

「墟境裡頭的怪物雖然不好對付，但是它們的收益也很大，因為用來製造它們的東西都很珍貴。」

奧德里看向巴基，巴基會意地扭斷老鼠的脖子。

老鼠一死，身體瞬間崩潰，只留下一顆鳥蛋大小的水晶和一根十幾公分長，看起來像是脊椎的骨骼。

「來，大家看看。」

巴基將東西遞給阿奇納他們，讓他們仔細觀看。

奧德里也適時地進行解說：「怪物的心臟核心是能量寶石或是其他蘊含能量的東西，而形塑骨架的材質都是適合用來『餵養』伴生武器的材料。

「這隻小老鼠的核心是銘彩石，這是一種黃金等級的能源礦，具有循環再生能源的功能，按照品級的不同，它的市售價格在十二萬到二十五萬區間。

「這根脊椎骨是混合了秘銀的合成金屬，你們應該都知道，秘銀是一種用途相當廣泛的貴金屬，不同種類的秘銀有著不同的售價，最便宜的秘銀，一公克是一萬五千星幣左右，而最昂貴的秘銀，每公克的市售價是兩百萬星幣起跳……」

「這老鼠骨頭的秘銀就是最便宜的，一公克賣個十二萬……」巴基插嘴說道。

「十二萬也很好啊，我一年的零用錢都沒那麼多呢！」

「對啊、對啊！」

零用錢稀少的未成年崽子蠢蠢欲動，而已經成年的因為可以外出接任務賺錢了，表情就比較平靜，但是他們也沒打算放過這樣的賺錢機會。

看著以為自己即將發財的崽子們，巴基戲謔地咧嘴笑了。

「像這麼一隻老鼠的全身骨頭，摻入的秘銀量大概是五到十二毫克，一公克等於一千毫克，你們自己計算一下要抓多少隻老鼠才夠一公克？」

奧德里也跟著附和，「要是把這根金屬脊椎拿去賣，大概可以賣兩百星幣。」

「……」

這麼一桶冷水潑下來，讓因為星幣而腦子發熱的崽子們冷靜了些。

「不管多少，總是有賺頭嘛！」阿奇納笑得開朗，心態很是沉穩。

「對啊！積少成多嘛！」

「等到離開這裡，外面應該有大型獵物，到時候就能拿到更大塊的秘銀了！」

巴基對於他們能夠立刻調整心態感到很滿意，大手一揮，讓他們立刻展開狩獵行動。

紫竹林並不大，約莫方圓十幾公里，在眾人的強大行動力之下，不到半小時就被搜括一空。

不過他們也很有分寸，並不是將竹子連根拔起，而是留存著半截小腿高的根部，讓它可以繼續成長。

永續發展才是對這個空間和後來者最有益的方式。

墟境的空間相當遼闊，按照巴基他們的過往經驗，一星墟境的大小規格差不多是兩百萬平方公里，他們就算在這裡待上一個月也不一定能走遍。

為了達到最好的訓練效果和最快速地搜刮墟境的好東西，出了紫竹林後，他們按照先前的分配，八個團隊各自朝著八個方向前進，各自找尋自己的機緣。

「我們雖然是一個團體，但是涉及到利益的問題也要講清楚、說明白。」巴基領著團隊一邊往前趕路、一邊說道：「個人獵取和找到的東西就歸個人所有，至於團隊一起殺死的怪物……我知道有些人喜歡『按照出力多寡的模式分配』，也就是戰鬥主力拿大頭、其他人拿小頭，不過我懶得去記憶和計算那些東西，所以我們就平均分配吧！」

「好。」

團隊裡頭都是百嵐聯盟的人，又都是一群未成年崽子，對於利益並不是特別看重，教頭怎麼說，他們就怎麼做。

不久後，他們見到一個石林區，高高大大的岩石一片片、一簇簇地群聚在一起，從空中俯瞰就像是石頭形成的樹林，顏色則是暗紅色和亮紅色交錯，像是火山熔岩。

「喀！」阿奇納掰了一片石頭下來，張嘴就咬。

「咔咔、咔咔咔咔……」

「味道怎麼樣？」嘴上問著，巴基卻是沒有等到阿奇納回覆就掰了一塊吃。

「鹹鹹的，有點辣，像是鹹辣口味的餅乾。」阿奇納回道。

「嗯，有點像鹹酥小魚乾，很適合當下酒菜。」巴基又掰了好幾塊下來，收進空間裡。

其他人也立刻跟進，吃得不亦樂乎。

就連板著一張冰山高冷臉的奧德里，也是斯文優雅地吃著岩片，看起來就像在吃什麼高級餅乾似的。

「你們好歹也等我鑑定完畢再吃，要是這東西有毒呢？」

晏笙有些無奈地看著張嘴就啃的一群人，對著岩石進行了鑑定。

「火蝕岩，含有微量珍稀元素以及火系能量，火屬性族群和部分不挑食的種族可以食用。在大片的火蝕岩區域，會有能源寶石『熔心』以及『冰蓮精晶』伴生。」

晏笙說出了鑑定結果，這才安心了些。

「放心！我是確定沒毒才吃的。」阿奇納朝他咧嘴笑著。

像塔圖部落這種「食譜廣泛」的種族，自然有一套自保的方法，他們可以藉著嗅覺和味覺辨識毒性，一察覺不對，阿奇納就會立刻將嘴裡的東西吐出。

「有毒也沒事。」巴基跟著說道：「這裡的人，部落血脈都有自動化解毒素功能。」

「自動解毒？什麼毒都不用怕？」晏笙羨慕地看著他們。

「你想什麼呢？天底下哪有這種美事。」巴基擺擺手，「有些部落只能化解輕微毒素，有些可以化解重一點的，不過要是那種一入口就死的劇毒，很多人都只有等死的分。」

語氣一頓，巴基戲謔地笑了。

「要是真的化解不了，就當給他們一個教訓，讓他們知道不是什麼東西都可以隨便吃！」

晏笙：「……」您可是教頭，這麼做可以嗎？

「小幸運星，你去找找這裡有沒有更有價值的東西，我伴生武器的食物就靠你啦！」巴基拍拍他的肩膀。

他們在過來之前就被叮囑過要保護晏笙，也從旁了解過晏笙的情況，知道他是罕見的時空商人，也知道他的氣運驚人，隨便走走都能找到不少好東西，所以他們對於晏笙在團隊中的定位就是符合他身分的「尋寶人」，並兼職後勤補給。

晏笙拿出一把十字鎬，對著附近的火蝕岩揮砍，他並不是真想尋寶，畢竟他也沒有透視眼，看不穿岩石裡頭的東西，他只是打算弄一些火蝕岩到萬宇商城販賣，給商店增加商品而已，畢竟他的顧客裡頭也有不少喜歡吃礦石的。

「鏘！」

一聲跟之前幾次不同的敲擊聲傳來，晏笙發現缺口處透出一抹冰藍色亮光。

「冰蓮精晶？」

看見那抹藍色，晏笙小心翼翼地刨開周圍的岩石，讓這顆精晶顯露出來。

冰蓮精晶的屬性跟火蝕岩完全相反，從名稱就可以看出，它是冰屬性物品，形狀如同一抹跳動的火焰，又像是一朵花，相當好看。

只是這冰蓮精晶看起來實在是太過脆弱，晏笙害怕挖出的時候弄壞了它，行動上便有些縮手縮腳，遲遲下不了手。

就在他好不容易找好角度，舉著十字鎬就要敲下時，旁邊突然竄出一抹白影，朝著晏笙直衝而來。

還沒等他做出反應動作，一隻骨節分明、白皙修長的手就抓住了「襲擊者」。

「嚇到了？」

奧德里看了他一眼，將手上的灰色岩猴拿遠了些，指尖力道一重，「咔！」的一聲脆響，灰色岩猴就被扭斷了脖子。

「……」一直憋著呼吸的晏笙這才緩緩吐出一口氣。

「這岩猴行動敏捷，反應不過來很正常。」奧德里安撫了一句，隨手將岩猴的核心和骨頭架子遞給晏笙。

「……我下次會注意。」接過東西，晏笙尷尬地笑笑。

「無妨，你本來就不適合當戰士。」奧德里語氣平淡地回道。

奧德里在出發前就知道晏笙的體質和戰鬥實力，也知道他的天賦職業是時空商人，既然不是想要成為戰士，奧德里對他的要求自然不會那麼嚴格。

「時空商人最厲害的地方不在於他們的戰鬥能力，而是在於尋寶能力、瞬間移動和操控時空的天賦，第一項你已經擁有了……」

奧德里看了一眼鑲嵌在岩石中的冰蓮精晶，這種伴生寶物可不是隨隨便便就能找到的。

「後面兩項能力，有些人是拜師其他時空商人或是空間系能力者學習得到的，有些人則是實力晉升到一定程度後，就會自動從宇宙中獲得相關知識……我不是空間系能力者，沒辦法教你，你只能自己找老師學習。」奧德里叮囑道。

「我知道了，我會留意這方面的資訊。」晏笙乖乖地點頭。

「冰蓮精晶不好挖，我幫你挖吧！」

奧德里伸手探向岩石，順著冰蓮精晶的外圍將岩石一片片剝下，就像在剝雞蛋殼一樣，那些需要十字鎬才敲得下來的岩石，在奧德里手中像是紙張一樣脆弱。

當冰蓮精晶整個形體顯露出來時，奧德里沒有停手，而是沿著冰蓮精晶的底部往下剝，晏笙這才發現，這冰蓮精晶竟然是有「根」的！

「冰蓮精晶要是毀損了，能量會很快消散，但是很多人都誤解了『保持冰蓮精晶完好』的意思，以為是要保護它的花，其實是要保住根部……」奧德里一邊往下剝除根部的岩石，一邊講解道：「其實冰蓮精晶的『花』，也就是上面這個，毀損了一部分也不要緊，只要把冰蓮精晶種在合適的地方，還是能夠養回來，但是要是冰蓮精晶的根部受損，它就算死了一半了。」

隨著整根岩柱都快被剝開，冰蓮精晶的根部也顯露了出來。

冰蓮精晶的根鬚形似人參，長度幾乎有一公尺長，根鬚順著岩柱往下蔓延，直到沒入地面為止。

奧德里動作輕柔地將冰蓮精晶從岩石中「挪」出，一點花瓣和根鬚都沒有傷到。

「來。」

回過頭，奧德里就將冰蓮精晶遞給晏笙。

晏笙道謝後將冰蓮精晶收入空間裡頭，種植在生命靈泉旁邊。

照理說，冰蓮精晶應該種植在冷屬性濃厚的寒冷地區，但是晏笙的空間裡沒有冰屬性的區域，幸好生命靈泉可以滋潤萬物，所以種植在靈泉旁邊也是沒問題的。

得到冰蓮精晶，就等於得到這個區域最大的寶物，能跟冰蓮精晶相比的是熔心。

熔心類似於火蝕岩的心臟，一整片區域只會誕生一顆，部分火屬性能量不夠多的地區，甚至連熔心都無法凝成。

第八章
水元素生物

「吱吱吱……」

就在他們忙著挖岩石的時候，一陣猴子的叫聲傳來，大概是他們的動靜太大，驚動了棲息在這裡的岩猴，大量猴群從四面八方朝他們聚集而來。

「來得好！」阿奇納大叫一聲，拿出伴生武器，率先朝猴子撲去。

比起在岩石堆裡尋寶，他更喜歡戰鬥。

跟他想法相同的還有其他夥伴。

「這群猴子比之前的老鼠大多了，秘銀骨頭肯定更多！」

「衝啊！賺錢囉！」

「殺殺殺！殺越多賺越多！」

「錢錢錢！我的錢！」

「這群是我的！別搶！」

「呵！明明是我先看到的！」

「有什麼好搶的啊？猴子這麼多，要全殺光至少也要幾十分鐘吧！」

「別忘了團隊裡有一半都是塔圖族！有這群戰鬥狂在，這群猴子根本不夠殺！」

「啊啊啊！我忘記這一點了！」

「其實也還好啊，反正最後的戰利品是平分的……」幾個不擅長戰鬥、想偷懶的人低聲嘀咕道。

「你們真是不長進！人家體質虛弱的晏笙都拿著槍在努力戰鬥呢！」

被看作是團體最低戰力的晏笙，其實只是站遠遠地舉著槍，間斷地擊殺外圍區或是落單的岩猴，戰成一團的中心區他根本不敢靠近、也不敢舉槍瞄準。

誰知道當他開槍射擊時，會不會突然有個隊員跳出，正好擋了那顆能量彈？

這裡可不是遊戲，沒有隊友保護功能，他可不希望隊友沒有傷在怪物手上，反而是被他誤傷。

「你這樣不行，速度太慢了。」奧德里開口指點。

賽博格在機械上有與生俱來的天賦，再難搞定的機械到了他們手上都可以輕鬆搞定，在奧德里的教導下，晏笙的射擊技術突飛猛進，到最後甚至能在混戰中「搶怪」，而且沒有傷到隊員半根寒毛。

「咦？爆寶箱了！」

隊員指著岩猴屍體堆上飄浮著的白銀箱子嚷嚷。

「這裡也有寶箱怪啊？」

「不是寶箱怪，是純粹送獎勵的寶箱。」奧德里糾正道：「黑塔的寶箱怪就是仿著墟境的寶箱做的。」

「這裡殺怪還有寶箱啊？」

「不是聽說只有殺王怪等級的才會有寶箱嗎？」

「也許那隻猴子就是猴王啊！」

「囉唆什麼？那隻猴子誰殺的？快去開寶箱！」巴基催促道：「殺怪獲得的寶箱只有殺死怪物的人才能開啟，要是過了半小時都沒有人打開，它就會自動消失。」

「啊？還會消失？」

「快快快！誰殺的快去認領！」

「打的時候那麼亂，誰會記得啊？」

「不記得就每個人上去摸摸，寶箱主人摸了就會自動打開了！」巴基直接踹了身旁的崽子屁股，將他踢向寶箱。

「不是我啊，我根本沒在這區打，我在另一邊……」被踢的崽子揉著屁股埋怨，但還是上手去摸了箱子。

其他人也跟著排隊在後面，一個個摸了箱子。

晏笙站在隊伍後方，當他的手碰觸到箱子時，箱子發出一陣白光，緊接著箱蓋自動打開了。

「原來是你啊！」

「早就該猜到的，幸運星的掉寶機率高啊！」

「快看看是什麼東西！」

晏笙從箱子裡頭拿出一顆小拇指大小的紅色晶體，說出它上頭的介紹。

「能量靈珠（永恆），綠色品質，可以讓伴生武器增加一點的力量屬性。」

「豁喔！還真被你找到給伴生武器吃的食物啦？」巴基瞇著眼睛笑道，卻也沒有跟崽子們爭搶的意思。

一星墟境的等級太低，這裡的東西對他的實力增長相當微弱，還不如讓崽子們分了這些好東西，強化崽子們的實力。

「這珠子是給伴生武器吃的？好特別！」

「教頭，括號永恆是什麼意思？」某團員舉手發問。

「括號永恆的意思指的是，這個物品是真實可以增加屬性的，就算你們離開墟境，增加的屬性也仍然保存著。」巴基解釋了一句，但是眾人還是聽不太明白。

這時候就輪到奧德里教頭出面說明了。

「墟境裡頭，打怪獲得的東西分為兩種，一種是只有在墟境裡頭才有用，另一種是永恆性質，就算離開墟境也有效的。

「只在墟境才有作用的東西，我們稱為『墟境限定』。用這個能量靈珠來比喻，如果它是墟境限定的，就算吃下後你的屬性增加了，等你離開墟境以後，增加的身體素質會恢復成原本模樣。而永恆的，顧名思義，就是你離開墟境後，這些增加的素質依舊存在，它的效果是永久的。」

頓了頓，奧德里又道：「通常沒有標示出永恆兩個字的，都是屬於墟境限定。」

「還有這樣的？我還以為增加的屬性都是一直存在的。」

「好坑人……」

「你們別小看那些暫時性的屬性成長。」巴基一臉嚴肅地提醒道：「這就等於讓你們先體驗強大後的情況，讓你們更加明確自己有哪些地方不足、該加強鍛鍊哪些方面，減少走歪路的機率，這裡還有機會得到各種戰技，你們可以經由體會那些暫時性的戰技，了解自己的優缺點，在外頭想要獲得這樣的感受，可是需要支付一大筆星幣才行！」

「巴基說得對，這樣的感悟相當難得，這也是為什麼一堆人都想進入墟境的原因。」奧德里點頭附和道：「對於強者和尋求突破的人來說，墟境可以讓他們磨練戰鬥技巧，還可以讓他們經由各種技能書學習，打磨自己的戰技，甚至可以提供突破當前層次的感覺，讓他們知道自己該怎麼進行突破……」

在外界想要獲得這樣的感悟，可是要實打實地拿命去拚搏，在鮮血和危機中尋求一絲生機，而在墟境這裡，雖然依舊有危險，但是這些危險是可控的，喪命程度大大降低。

聽到兩位教頭這麼嚴肅地叮囑，眾人也將這些事情牢記心底，並在往後的歷練中更加努力。

「教頭，伴生武器的成長方式，不是多多補充能量、多多戰鬥，跟伴生武器多多磨合嗎？為什麼這能量珠子可以額外增加伴生武器的力量啊？」

「這應該是永望島發明的產品。」奧德里回道：「像這類的東西，永望島有很多，但是價格都很高，等離開墟境以後，你們到永望島官方商店就能看見類似的產品了。」

「教頭，能量珠子增加的一點力量是加多少？」

「不知道。」

「一點應該就是一點點？」

「它的那個一點跟你說的一點不一樣吧？」

「什麼一點、一點點的？你們在說什麼？好繞口……」

「我覺得珠子的一點應該是一、二、三的一，不是一點點、一些些的一……」

「所以到底是多少？」

「哎呀！吃一顆看看不就知道了！」

聽到這個提議，所有人又紛紛看向晏笙手上的能量靈珠。

晏笙笑了笑，將能量靈珠遞給阿奇納，阿奇納接過後，直接將珠子按在斧頭上面。

能量靈珠一接觸到斧頭，隨即像水一樣地融化，迅速被斧頭吸收殆盡。

阿奇納閉眼感受了一下斧頭的變化，面露欣喜地說道：「如果把斧頭的力量劃分成十等分的話，我剛才增加了大概一成的力量。」

「一成？好多啊！」

「是額外增加一成的力量，還是消耗掉的增加了一成？」

「是額外增加的，我感覺我的力量上限提高了。」阿奇納笑嘻嘻地回道。

「真好……」

「這樣是不是以後阿奇納的伴生武器會比我們強大？」

「他本來就比我們強……」

團員們面露羨慕。

「箱子裡頭還有四顆增加力量的能量靈珠，另外還有五顆增加一點敏捷屬性的。」

晏笙拿出另一顆不同顏色，但是形狀大小一樣的能量靈珠。

「我沒有伴生武器，不需要這些東西，你們自己討論怎麼分配吧！」

他將開啟的箱子遞給巴基，由他進行分配。

「兩種分配方式。」巴基豎起兩根手指說道：「第一種是現在就先挑幾個人分下去，之後有收穫再分給其他人，這種分配方式的好處是可以立刻增加戰力，壞處是我們不知道之後會拿到什麼，之後發給你的東西有可能沒有這次的好，也有可能之後再也拿不到寶箱……

「第二種方式是，先不分配，等離開墟境以後再分，這麼做的好處是，你們可以慢慢挑選拿到的東西，壞處就是沒辦法立刻增加戰力，要是之後遇到更厲害的怪物，很可能應付不來。」

團員們面露糾結，聚在一起討論了不少時間，最後選擇了第二種方式。

他們對自己的戰力有自信，而且沒有人希望進來墟境一趟，結果卻拿不到自己喜歡的東西。

做出決定後，能量靈珠便由巴基收起保管。

離開火蝕岩區域，他們在遼闊的荒野走了一段時間，期間也遇到一些小怪和棲息在荒野中的動物，拿到三瓶殺怪獎勵的純淨水，但是並沒有更大的收穫。

純淨水的容量有六百毫升，三瓶純淨水根本無法供應整個團隊使用。

幸好團隊中有不少是耐旱的種族，而他們的空間裡也儲存了不少食物和水，不然他們可能會先敗倒在缺水的情況下。

「好熱，真想找個地方洗澡……」

「要是有條河可以玩水就好了。」

崽子畢竟是崽子，要是能有戰鬥吸引他們，他們還可以忍耐忍耐，可是這一路走來，都走了三個多小時了，看到的都是相似的荒野景觀，同樣的小怪物、小動物，同樣地枯燥無聊……

再加上豔陽高照，地表還冒出蒸騰的熱氣，簡直就像是將他們關在蒸籠裡頭蒸一樣，這就讓他們忍受不了了。

「晏笙，你覺得哪個方向有可能會有水源？」阿奇納眼巴巴地問道。

愛乾淨的他，實在忍受不了身上的汗水跟風沙混合成的黏膩感。

他本來想拿出帳篷，進去裡頭沖涼，但是教頭一開始就說了，他們是來歷練的，要習慣環境、不准享受，嚴禁他們從空間裡頭拿出食物和飲水以外的東西。

教頭還說，一星墟境的限制不多，他們還可以從空間拿東西使用，可是到了二星墟境，他們的儲物空間就會被限制大半，除了飲用水，其他東西都拿不出來，三星的墟境甚至只能夠使用伴生武器，其他東西都不能夠使用，連食物也要在墟境裡頭狩獵才能得到。

為了讓他們提早適應，教頭們在一星墟境就會對他們進行嚴格限制。

「……」被當成水源探測器的晏笙扯了扯嘴角，隨手指了個方向。

雖然覺得這樣的搜尋很不靠譜，但是基於晏笙的氣運好，眾人還是聽從他的意思，掉轉方向。

果然，在他們翻過一座山丘後，就見到山丘的另一側有一條大河。

山丘並不高，但是形體狹長，一座又一座的小山交錯連接，像是這片荒原的背脊，位置跟他們之前行走的路線平行，要是他們沒有改變方向，就算再走上一天也不會發現這條河。

大河的河面寬敞，寬度約莫二十多公里，長度橫跨荒野，看不見源頭也看不見盡頭，河道兩旁被重重的樹木和草叢包裹，儼然像是沙漠中的綠洲。

來到河邊，他們測試了這條河的深度，有些地方只到大腿深，底下的石頭和河沙清晰可見，有些地方藏著深坑和裂縫，深度足以讓人沒頂。

河中還有角鱷魚、食人魚、毒蛇、水蜘蛛等怪物，一不小心就會喪命。

了解河段情況後，阿奇納讓晏笙待在已經被清空怪物的淺水區，他和其他夥伴在深水區繼續打怪，順便玩水。

奔波了大半天，體力消耗得只剩一點點的晏笙，疲憊地坐在河邊的岩石上，脫去鞋襪，將熱脹痠疼的雙腳浸泡在清涼的水裡。

他很慶幸自己穿的是高級防護鞋，這讓他就算行走大半天，腳上也沒有磨出水泡，只有運動過度的痠疼疲憊罷了。

在水中晃蕩著腳丫子，晏笙趴在岩石上，看著阿奇納他們精力充沛地跟水怪搏鬥，炙熱的陽光曬得晏笙有些難受，他乾脆跳下岩石，將脖子以下的部位都沒入水中。

有了大岩石和樹木遮擋頭頂的陽光，又有潺潺河水帶走熱度和風沙，晏笙覺得身上舒爽多了。

晏笙看著波光粼粼的河水，打了個呵欠，無事可做的他，又不能在其他人忙碌時在旁邊睡覺偷懶，他乾脆釋放出精神力掃描周圍，順便警戒。

卻沒想到精神力這麼一釋放，竟然可以跟鑑定之眼結合，對被精神力掃描到的東西鑑定。

「普通的岩石，可用於建造材料。」

「普通的水，無能量，可解渴。」

「普通的水生生物，無毒，可食用。」

「普通的雜草，無用。」

「水凝輝，吸收了月之光輝水精，可食用，具有豐沛的水系能量，可以滋補身體、養顏美容、補水保濕、潤澤肌膚的功效，可以製作成幼崽的營養補給品、美容保養品和養顏類藥劑。水生種族和水系屬性種族喜愛的食物之一。」

意外發現水底有好東西，晏笙訝異地愣了一下，那水凝輝的位置就在他前方兩臂遠的地方，他起身往前走了一步，伸手在水裡摸了摸，摸到一個觸感像水球的東西，將它拿了出來。

水凝輝是乳白色、手掌大的扁圓形物體，觸感跟嫩豆腐有些相似，滑滑涼涼嫩嫩的，好像稍一用力就會把它捏破。

時刻關注晏笙安危的兩位教頭，看見晏笙從水裡撈出東西時，好奇地上前查看。

「這是什麼？」

「這是水凝輝……」晏笙將鑑定結果說了一遍。

一聽說是美容相關物品，不是讓人變強大的東西，巴基教頭就顯得興致缺缺。

奧德里倒是給出了建議：「百嵐聯盟裡也有不少水生種族，要是你找到的水凝輝數量太少，不方便放到商城系統販賣，你也可以賣給他們……」

晏笙雖然在看到水凝輝的第一眼就想著要賣了它，但他也沒有堅持要放到商城上賣，就如同奧德里說的，要是他接下來找到的水凝輝只有幾顆，放到商城也不太合適，還不如賣給百嵐聯盟的人。

「我們隊裡好像有一個人魚族的？」巴基回憶著團隊的成員，「可以問問他要不要買。你願意賣嗎？」巴基沒有喊人過來，而是先詢問晏笙的意見。

要是他把人叫過來了，晏笙卻不想賣，那就尷尬了。

「其實也不用買，這條河裡還有不少呢！讓他自己找就行了。」晏笙尷尬地笑笑。

團員們都在這條河行動，他們只要往河底找找就能找到了，他怎麼好意思將隨手撈出的東西賣給人家？

「隨便，你想怎麼樣都行。」語氣一頓，巴基又說道：「不過小晏笙啊，你的臉皮太薄可不行，這是我們團隊，都是自己人，不會坑你，你要是跟其他人組隊，肯定會被坑死！」

「……啊？」晏笙不明白，他只是不想占隊友便宜，難道這也有錯？

「你確實做錯了。」奧德里察覺到他的心思，補充說明：「跟陌生人組成的野團，團員都是為了利益而來，像你這樣的情況，要是換成那些人，他們肯定不會給你星幣，還會搶在你之前將這條河撈空……」

晏笙點點頭，這種情形他可以想像得到。

「可是你要知道，除非組團時有事先說好，團隊的東西要統一進行分配，否則一般情況下，都是誰找到的就歸誰，就算你跟另一個人同時看見一樣東西，同樣也是誰先搶到就歸誰……」

「以前就有個不要臉的龜孫子，硬要說我拔的藥草是他先看到的，應該歸他，操！老子當時氣得直冒火！」

即使時隔久遠，巴基提起這件事還有些憤恨不平，可見當初對方的無恥程度有多麼驚人。

「老子為了拔那棵藥草，殺了一群盤踞在藥草周圍的星獸，身上被捅了好幾個洞！他竟然敢說那東西是他的！要不是團長攔著，老子就戳瞎他！讓他以後沒眼睛看！」

後來等團隊解散了，巴基偷偷摸到對方的住處，想要揍對方一頓，卻沒想到聽見對方跟他的朋友說要找人搶劫他們！

聽對方的口氣，他們這麼做已經不是第一次了，每次都是先由一、兩個人混進野團，摸清楚這個團隊的實力，然後再依照評估組團搶劫，事後還把整團人殺了，毀屍滅跡。

巴基氣得心頭火起，直接廢了他們，並將這件事情傳揚出去。

後來那個黑心的組織就被各方勢力追殺，消失在宇宙之中。

然而，滅了一個黑心組織，卻還有無數個黑心組織存在，讓人防不勝防。

「小晏笙，你的脾氣好，不喜歡跟別人爭，這樣不好，我們活著就是為了爭！」巴基板著臉，嚴肅地說道：「爭生存、爭地盤、爭食物、爭活著！這世上沒有不爭不搶就能活得平安順遂的！」

晏笙很想說，他以前生活的世界就沒有爭搶，可是回頭一想，他們念書時候比拚學習成績、工作時候比拚業績，親友之間炫耀薪水、職業、車子、房子、孩子……

這些也是一種爭，只是跟星際這些爭搶比起來，他以前生活上的爭比較小打小鬧而已。

「你以後是要當時空商人的，如果你做買賣的時候不硬氣一點，那些人可是會連皮帶骨地把你吞了！」巴基皺著眉頭說道。

「我知道了，我以後會慢慢改的。」知道對方是好意，晏笙當然不會反駁。

他也清楚，要想成為一名合格的商人，就應該懂得「親兄弟也該明算帳」的道理，只是他總覺得沒必要算得那麼清，再加上這團隊裡都是未成年崽子，他也就不忍心跟他們要錢了。

教育完畢後，巴基朗聲將人魚族的崽子叫來。

人魚族的崽子名叫「普普海鷗」，長著一張娃娃臉，要是不看身材光看臉，會覺得這隻人魚大約十三、四歲，但是要是忽略那張臉只看身材，那一米九的身高和微微隆起的肌肉會讓人覺得這是一名二十多歲的成年人。

晏笙有些糾結地看著普普海鷗，這隻人魚的反差感實在是太大了，難道人魚族都像他這樣？

「教頭，找我什麼事？」普普海鷗將濕透的藍髮往後一梳，露出漂亮的臉龐，水汪汪的藍眼睛流露出好奇。

「晏笙找到一種水族可以吃的東西，你看看你們吃不吃。」巴基拍了拍晏笙的肩膀，後者會意地將水凝輝遞給普普海鷗。

「咦？這個氣味好熟悉……」普普海鷗接過水凝輝，努力回想。

「這是水凝輝。」晏笙說出它的名字。

「哦哦！我想起來了！這個很好吃，但是不好找，我小時候身體比較虛弱，我爸媽會特地找水凝輝給我吃……」普普海鷗雙眼發亮、滿是懷念地說道：「不過這東西不好找，不是每條河都有出產，市場上的價格也高，我有一次想買來吃，結果一小袋差不多七、八顆水凝輝，就花了我存了兩年的零用錢，好貴！」

普普海鷗孩子氣地皺著鼻子，表情很是心疼。

「這條河裡有水凝輝，你可以找找看。」晏笙笑道。

「有嗎？太好了！謝謝啊！我這就去找！」

思維單純的普普海鷗並沒有想太多，將水凝輝遞還給晏笙後，他轉身潛入水裡找尋。

為了不妨礙他尋寶，晏笙往下走了一段，離開普普海鷗的行動區域。下游的河床石塊減少了，泥沙增多了，晏笙戴上可以在水底視物和呼吸的透明面罩，像浮潛一樣地將臉埋入水中。

河水的水質清澈乾淨，水中的動靜都被看得一清二楚。

小型的魚群悠游，兩隻小蝦子揮舞著爪子爭搶一塊綠色水藻，寄居蟹模樣的生物不斷挖掘河沙，想要翻出藏匿在泥沙裡頭的小生物。

晏笙一邊欣賞水裡的風景、一邊釋放精神力搜尋寶物，就這麼找找玩玩，竟也被他找到三十幾顆水凝輝，在收手之前，他甚至還找到一個水凝輝的「窩」，沙坑旁邊堆了幾百顆水凝輝。

他將水凝輝收起後，發現沙坑裡面有一抹藍色一晃而過，他撥開覆蓋的河沙一瞧，發現裡頭有好多藍色的結晶體。

結晶體有大有小，小的跟聖女番茄差不多，大的如同雞蛋大小，形狀是不規則狀，就連顏色也是有深有淺的藍色調。

晏笙鑑定過後，得知這東西名為「水元素精粹」，是由水元素生物所凝聚出來的結晶體，用途廣泛。

水元素精粹可以食用，也可以運用在各種水屬性裝備上，具有增幅水屬性裝備和武器的力量、治療傷勢、淨化火屬性和水屬性毒素的功能。

它還能夠聚集周圍的水汽凝結成水，要是將它放在碗裡頭，很快就能生成一碗水，旅行時帶上幾顆，就可以省去帶水瓶的空間。

另外，它可以幫助水生種族和水屬性異能者修煉，並能夠治療水生種族的能量崩潰症和發育不全症，對水生種族來說，這就是一個珍貴的特效藥！

這麼好的東西，晏笙自然不會放過，他很快就將水元素精粹搜刮一空，還想找尋附近是否還有。

當他抬起頭時，發現眼前出現一堵水藍色的「牆」，鑑定之眼顯示：這是一隻領主級的水元素生物。

在這段描述之後，又附加一段附註：

元素生物的實力從低到高分為：普通元素生物、精英級元素生物、領主級元素生物、王級元素生物以及皇級元素生物。

領主級元素生物擁有自己的地盤，地盤裡頭的生物歸他掌控；王級元素生物擁有更大的地盤和比他弱小的元素部下；皇級元素生物統領同系的整個元素族群。

晏笙遇見的這隻水元素生物是領主級，也就是說，這條河流就是他的地盤。

想到這裡，晏笙的心頭一驚，小心翼翼地拉開距離後，這才看清楚水元素領主的模樣。

他長得圓圓胖胖、輪廓像是倒著的水滴狀，在看似臉的位置有兩顆深藍色的眼睛，形體半透明、顏色是水藍色，他可以從身體各處「長」出觸手，充當他的手腳。

因為之前跟元素精靈締結過契約，晏笙在元素生物面前會自帶好感和親近光環，但是他並不知道這一點，他只覺得對方似乎沒有惡意，對他只有好奇。

他緩緩舉起手，朝對方打聲招呼：「嗨，你好。」

水元素領主也學著他的動作，揮了揮觸手，並發出「波波、波波」的叫聲。

「這個是你的嗎？我可以跟你買嗎？」晏笙有些尷尬地拿出水元素精粹給對方看。

之前不知道也就算了，但是他的臉皮並沒有厚到東西的主人出現了，他還假裝自己沒有搜刮他的東西。

「波波、波波。」水元素領主傳遞出害羞的情緒，藍色的皮膚也透出了紅暈。

沒等晏笙想明白他為什麼會害羞，水元素領主就側過身體，像是用力一樣地弓起身體，而後……

「噗！」

一顆不規則狀的淺藍色結晶體從他的身體下方掉出。

「……」

晏笙看了看落在沙坑處的水元素精粹，又看了看水元素領主。

此時此刻，他拒絕去思考這水元素精粹對水元素領主來說代表著什麼。

水元素領主撿起那顆水元素精粹，臉紅紅地將它遞給晏笙。

看著水元素領主的嬌羞模樣，晏笙保持鎮定的微笑，將水元素精粹接過。

「這是要給我的？謝謝你。」

收起水元素精粹後，晏笙從空間裡取出重螢水和生命靈液回贈。

「我只有這兩個東西跟水有關，希望你會喜歡。」

水元素領主將重螢水推回，開開心心地拿了生命靈液，吸溜一下就把生命靈液吃了。

見他退回了重螢水，晏笙便再拿出一團約莫一百毫升的生命靈液給他，補上了重螢水的份量。

「波波、波波！」

水元素領主歪了歪大腦袋，將生命靈液吃下，而後朝晏笙揮了揮觸手，一道水流柔軟地裹住晏笙的腰，拉著他往下游走。

第九章 墟境貿易點

大量的氣泡隨著水元素領主的行動冒出，晏笙只覺得眼前一花，人就跟著水元素領主來到另一處河域。

他有些不安地浮上水面四處張望，想要確定自己的方位。

只見周圍樹林密布，河流的上下區段都沒見到自己的團員，而周圍環境的樣子看起來也跟之前所在的區域差不多，實在讓人難以分辨。

在他想要通訊聯繫阿奇納時，眼角餘光瞧見奧德里出現在附近的樹叢間，明顯是跟著他過來的，這讓他安心不少。

晏笙並不擔心水元素領主會對他不利，他只擔心自己突然消失會引起團隊的騷動，會給他們造成麻煩。

「波波？」水元素領主也跟著冒出水面，圓滾滾的眼睛裡滿是茫然。

「沒事。」晏笙朝他安撫地笑笑，「你帶我來這裡是？」

「波波！」

水元素領主又潛入河底，當他再度出現時，手裡捧著一顆大水球，水球裡裝著大量的水元素精粹和水凝輝。

晏笙：「……」所以這裡是你另一個廁所嗎？

收下水元素領主給的東西，晏笙再度拿出生命靈液給他。

因為這次獲得的數量較多，所以晏笙給出的生命靈液也是之前的一倍。

「波波！」

水元素領主開心地吃掉生命靈液，水流再度捲起，拉著晏笙趕往下一個廁所。

就這麼一送、一回贈，一送、一回贈的反覆循環之下，晏笙的空間裡堆起了水元素精粹和水凝輝兩座小山，而水元素領主也進階成為王級水元素。

從外觀看來，水元素領主和水元素王，差異最明顯的就是體型，水元素王的體型比領主大了一倍，身上的顏色卻是變淺了，從藍色變成帶著極淺的藍，像是北極冰川的顏色。

另一個變化是水元素王的頭頂冒出了幾隻霜藍色的尖角，看起來像是戴了一頂王冠，這就是王者的特有標記。

「波波！波波！波波波波波波！」

水元素王激動地轉圈圈，掀起了一陣又一陣的波浪，身邊還飄著粉紅色氣泡。

「恭喜你！」晏笙為他鼓掌慶賀。

「波波！」

水元素王弓著身體擺出熟悉的姿勢，憋足了氣一個用力，「噗！」的一聲，

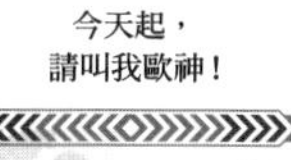

一塊藍綠色的橢圓形物體就出現了。

這東西跟先前排放出的水元素精粹完全不同，它的體積有晏笙的兩個拳頭大，質地偏向玉石，看起來就像一塊潤澤晶瑩的藍玉。

這是一種名為「水王玉」的東西，是稀罕的高級材料，它是水元素精粹的進階版，水元素精粹所擁有的功效它都有，而且效果是領主級水元素精粹的百萬倍以上！

除此之外，水王玉還是珍貴的附魔材料，它可以消除和減少附魔材料的互斥，提高附魔成功的機率，還對水屬性的附魔有加成作用，一塊半截拇指大小的水王玉，就能夠讓燦星級的武器裝備力量增幅三倍到五點五倍，是市場上有價無市的稀罕存在！

將水王玉交給晏笙後，水元素王抱住了晏笙，與他額頭抵著額頭。

一道光芒閃過，晏笙腦中出現一個水藍色的「水王印記」，水王印記是水元素王給予的賜福，有了這個印記，晏笙會天然地對水系生物有震懾力，王級以下的水系生物傷害不了他，一些等級低的甚至會聽從他的指揮，這是新上任的水元素王對他的感謝。

水元素領主想要晉級成為水元素王，除了吸收大量的能量之外，還需要經歷過「蛻變」這個環節。

然而，該怎麼蛻變，沒有元素生物知道，他們只能夠到處碰運氣。

這隻水元素領主已經停滯在領主階段將近五百年，要是再不能突破，再過十幾年他就會死去，而現在，晏笙意外地提供了他生命靈液，供應他豐沛而優質的能量和一種神奇的生命物質，這讓水元素領主成功跨出了蛻變的一步，突破領主的境界。

「謝謝你。」

從水王印記中得知印記的功效，晏笙感激地想要回贈禮物，但是他完全沒有可以送出手的東西，總不能再贈送生命靈液吧？估計水元素王都吃膩了！

「波波！」

猶豫再三，他乾脆摘了幾株永生花，充當花束贈送給水元素王。

水元素王照樣一口把永生花吃掉，晏笙也是這時候才知道他原來是雜食性生物。

「波波……」

水元素王拉扯著自己的身體，捏出一團水球，水球離開水元素王的瞬間，凝聚成一隻拳頭大小的小型水元素生物。

晏笙：「……」原來元素生物都是自體生殖的嗎？
「波波！」
水元素王將小水元素遞給晏笙。
「你……讓我養他？」晏笙面露遲疑，不太確定水元素王的意思。
「波波！」水元素王點頭，將小水元素塞入晏笙手中。
「嘛嘛！」小水元素仰著有些大的腦袋，對著晏笙發出稚嫩的叫聲。
「……」晏笙心想，「嘛嘛」應該只是無意義的發音，肯定不會是他以為的那個意思。
「叭叭！」小水元素衝著水元素王叫了一聲，水元素王摸了摸他的腦袋。
小水元素開心地扭了扭身體，而後回頭對著晏笙喊：「嘛嘛！」
晏笙：「……」你這樣是要我怎麼回應呢？
「叫我晏笙，晏、笙。」
「煙？咽、淹……嘛嘛！」小水元素歡快地揮舞小觸手。
「晏笙，不是嘛嘛……」
「嘛嘛！」小水元素很是固執，他指了指晏笙，「嘛嘛！」而後扭過頭指了指水元素王，「叭叭！」

喊完後，他還用力地點點頭，表示自己沒有說錯。

「波波。」水元素王摸了摸小水元素的腦袋，又摸了摸晏笙的腦袋。

晏笙：「……」小水，亂認親是不好的行為啊……

最後，晏笙還是收下小水元素了。

「波波。」

水元素王朝他擺擺手，做出告別姿態，而後水流把晏笙一裹，帶著他回返最初的地方。

回返的路程一氣呵成，沒有像先前一樣走一段停一段，這讓晏笙在抵達目的地時，產生些微的暈車作嘔感。

不是水流推送得太過粗暴，水元素王的動作已經很溫柔了，只是這河道並不是筆直的，晏笙在短短的時間內經歷了九彎十八拐，還轉了幾十個髮夾彎，說真的，要不是他現在的體質好，人早就被轉暈過去了！

見到他出現，待在岸邊等待的小夥伴們都聚集過來。

「晏笙，你沒事吧？被抓去哪裡啦？」

「聽說你被水怪抓走了？」

「有受傷嗎？需要治療嗎？」

晏笙被水元素領主帶走不久，阿奇納就察覺到不對勁，一番找尋後，這才發現晏笙失蹤了。

一群人因此而焦急得不得了，兜來轉去地查找晏笙的下落，留守的巴基在看了一會好戲後，這才說出奧德里已經追過去保護晏笙的事情，並藉機罵了他們一頓，說他們完全沒有警惕心，夥伴就在距離他們一百公尺的地方被抓走，他們竟然一個人都沒有注意到。

巴基的斥責讓阿奇納等人自責愧疚，一個個低頭不語。

他們進入墟境以後，一路走來都很順利，沒有遇到挫折，這讓他們以為自己的實力極佳，足夠在一星墟境闖蕩，晏笙的失蹤無疑是給了他們一記重擊，敲碎了那膨脹的自信心。

虧他們之前還自信滿滿、信誓旦旦地說可以保護晏笙，結果卻是連人不見了都沒有發現。

現在看到晏笙平安回來了，他們心底的不安和焦慮這才放下。

「沒、我沒事。」

晏笙被阿奇納從河中抱起，安置在岸邊清出的位置，眾人七手八腳地給他裹上溫暖的毯子，驅散長期浸泡在水中的涼意，又塞給他一堆熱飲和熱食，讓他補充能量。

「波波！」小水元素從晏笙懷裡跳出，開開心心地抱著熱飲喝了起來。

「這、這是什麼？」

「水元素生物？你在哪裡抓的？」

「我之前遇到水元素領主……」

晏笙雙手捧著溫熱的杯子，感受著杯子透出的暖意，緩緩說出他遇到水元素領主的事情，以及之後的遭遇。

「你遇到水元素領主？他長什麼模樣啊？」

「這小水元素是領主送你的？他怎麼會想要把他自己的分身送給你？」

「咦？我感應到晏笙身上有特殊的水屬性波動，還有一種特殊的氣場，他之前沒有這樣的波動……」人魚普普海鷗說出他感應到的事情。

聽到普普海鷗的話，晏笙便將水元素領主進階成為水元素王，還給他水王印記的事情說了。

「水王印記呀！那可是水元素王的庇護呢！」普普海鷗面露羨慕，「如果你是人魚族或是擁有水屬性能力的話，這個印記還能讓你的實力增強……」

「我聽說擁有水王印記或是元素王者印記的人，會得到元素生物的友誼，其他人也不敢欺負有王者印記的人，要是有人殺死擁有王者印記的人，那個人會遭受詛咒，也會被所有元素生物追殺！」另一人說出他知道的事情。

「這樣就太好了，你以後會更安全！」阿奇納高興地笑開，由衷地為晏笙感到高興。

「不愧是幸運星！運氣真好！」

晏笙笑了笑，從空間裡取出水元素精粹和水凝輝，將它分給夥伴們，每個人都拿到一小袋。

「欸，這麼珍貴的東西，你自己留著吧！」

「是啊，你找到的東西就是你的，不用送給我們。」

團員們紛紛推辭，他們又沒有幫忙找尋這些東西，也沒能在晏笙被擄走的時候保護他，這東西他們沒有臉拿。

「這是水元素王送我的，他給了我很多，我們都是夥伴，分你們一些，也讓你們沾沾我的好運氣……」晏笙笑著解釋。

聽到是想要讓他們沾好運，團員們就不推辭了，畢竟好運氣誰都不會拒絕。

「我的空間裡還有很多，普普海鷗你可以問問你的族人，要不要買這兩樣東西，我可以半價賣給你們。」晏笙對普普海鷗說道。

水王玉只有一塊，又是水元素領主晉升王級後給他的禮物，意義十分重大，晏笙想要放在空間珍藏，不打算販賣，所以只跟普普海鷗提了水凝輝和水元素精粹。

「半、半價？真的嗎？真的只要半價？」普普海鷗驚喜地瞪大眼睛。

剛才他找了老半天，也才找到幾十顆水凝輝，水元素精粹半顆都沒有，他正猶豫著要不要跟晏笙買一些呢！

「對，只需要半價，這些東西是我用其他東西跟水元素王換來的，所以沒辦法免費贈送。」晏笙解釋著販售半價的原因。

「不用不用，半價就可以了，半價已經是很好很好的折扣了！」普普海鷗連連搖手，他們人魚族可不是貪婪的人，能夠用半價買到這麼好的東西，就已經很滿足了。

普普海鷗立刻將這個消息傳達給家人和族人，他的直播間一直都是開啟著，族人已經看到他和晏笙的互動，現在螢幕上的彈幕跳動得飛快，大家都在討論這件事情。

「對，是真的半價，東西我看過了，品質都很好，畢竟是領主級的……」

「以前買的都是普通級和精英級，領主級的我還是第一次看到呢！水能量好多好舒服！」

「是啊，晏笙真是好人，大大的好人！我喜歡他！」

「啊？東西一共有多少？要全買了？我問問喔……」

普普海鷗的視線定格在虛空中，自言自語地嘀咕，晏笙原本還覺得有些奇怪，後來猜想到對方可能是開著直播，正在跟家人或族人討論，這才安靜地等待著。

「晏笙，這兩樣東西你有多少啊？」

晏笙已經查過萬宇商城的相關商品，領主級的水元素精粹和水凝輝，在市場上都是單顆販售，精英級和普通水元素出產的東西，才會是整包整包地販賣。

猜想普普海鷗可能會詢問數量，晏笙已經讓橘欄為他計算了數量。

「去掉萬以下的零頭不算，水元素精粹是一千七百五十三萬顆，水凝輝是兩千四百三十五萬顆。」

「好多！」普普海鷗又激動又有些擔憂。

數量這麼大，他們族裡能買得下嗎？

可是這樣的機會相當難得，要是這次不買下，以後說不定就沒有這樣的好機會了。

對人魚族來說，水元素精粹和水凝輝都是極為重要的資源，是人魚族一定會儲存的好東西。

水凝輝可以給崽子們吃，讓他們成長得更加健康、更加強壯，水元素精粹給成年人魚和受傷的人魚吃，對他們的修煉和恢復傷勢都很有幫助。

尤其這水元素精粹還是領主級的，品質和功效就更好了，市面上都不一定能夠買到！

只是晏笙供應的數量這麼多，人魚族就算傾盡全族之力也買不下，人魚族長和長老們扼腕又遺憾。

這麼好的機緣，怎麼他們就不能一口吞了呢？

幸好百嵐聯盟的水生種族不少，人魚族有好幾個交好的部落，加上那些朋友部落，買下晏笙供應的數量便足夠了。

經由普普海鷗轉述，人魚族和晏笙很快就達成口頭約定，等他們離開墟境就完成這筆交易。

當交易的討論告一段落，奧德里也飛回來了。

落地後，奧德里身後的金屬翅膀瞬間收攏，消失在他的肩胛骨位置。

「你是跑到哪裡去了？怎麼晏笙都回來了你還沒見到人影？」巴基半調侃、

半關心地詢問。

「水元素王帶著他跑了大半個河域。」奧德里簡單解釋了一句。

剛才水元素王可是帶著晏笙繞行了大半個水域，這片地區的水域遼闊，水元素王的速度又極為飛快，要不是奧德里有鋼鐵之翼輔助，從空中監看和走捷徑，換成其他人來，別說追上人了，他們肯定會連人都追丟了！

「我剛才順著河流往下走，差不多三十公里處，得到一個訊息提示，告知我已經進入『貿易點』的範圍。」奧德里說出他之前得到的訊息。

「這麼快就遇到貿易點了？」巴基咧嘴笑了，「我們的運氣可真好，竟然離貿易點這麼近！」

「教頭，貿易點是用來進行交易的地方嗎？」阿奇納提問。

「對。」奧德里點頭說明道：「每一個墟境都有十個貿易點，我們可以在貿易點進行休整，出售手邊多餘的、不需要的獵物，修理裝備，補充已經消耗的物資，不過貿易點的交易方式是以物易物，星幣和其他貨幣在這裡無用。」

「那我們要去多獵一點獵物再過去！不然要是東西太少，沒辦法換到想要的東西，那可就慘了。」

「對、對！一定要多找一點東西！」

「可以在河邊設陷阱，一定可以抓到很多！」

「讓晏笙指定狩獵的方向！肯定可以大豐收！」

崽子們嘰嘰喳喳地討論起來。

巴基乾咳一聲，示意眾人注意。

「在貿易點裡，我們也會遇見其他進入墟境的人。」巴基說道：「有一點你們一定要記住，貿易點是『安全區』，禁止械鬥廝殺，要是觸犯了這一條規定，就會被所有貿易點排斥，再也無法進入貿易點。」

「只是被貿易點排斥而已？沒有其他處罰？」晏笙困惑地詢問。

巴基咧嘴一笑，「在被驅逐出貿易點之前，行兇者身上的東西會被執法隊搜括一空。」

「哈哈！辛辛苦苦的收穫全沒了，被驅逐的人肯定會鬱悶得吐血！」某崽子幸災樂禍地說道。

「東西沒了還可以再去狩獵，我覺得這懲罰根本不嚴重。」另一個崽子覺得墟境的處罰太輕微。

「在貿易點違規的人，會被記錄下來。」見崽子們面露不以為然，奧德里補充說明道：「當違反的次數達到三次，就會被禁止進入墟境。」

被禁止進入墟境這個處罰就嚴厲了，這也讓部分心不在焉的崽子們提起精神。

「那我們要是在貿易點被人欺負呢？要報告執法隊嗎？」晏笙提問。

他想著，要是他們遇見挑釁，或是被人刻意針對，卻又不能動用武力反擊，那該怎麼解決？

「對，要是有人故意針對你們，可以上報貿易點的執法隊，他們會進行處理，但是要有證據才能提報。」奧德里微笑著看了晏笙一眼，很滿意他能夠想到這一點。

接下來兩天，他們在周圍獵補了幾批怪物，直到每個人的空間都裝了七、八分滿了，這才往貿易點前進。

【叮！親愛的冒險者，您已經進入貿易點範圍。貿易點是供應給冒險者休息、維修裝備、交易和補充物資的地方。】

【進入貿易點後，請遵守規矩，不要在貿易點內械鬥，否則您將會被逐出貿易點。要是違反規則達到三次，您將會被禁止再度進入墟境。】

這天，當晏笙他們踏入奧德里所說的範圍時，腦中隨即出現相關的提示訊息。

「前面那個就是貿易點？」

「哪裡？貿易點在哪裡？」

「前面大概兩公里的位置有一座古城……」眼力好的人指著前方說道。

「大家注意！」巴基拍了拍手，示意眾人聽他接下來要說的話，「貿易點的周圍是『安全區』，安全區的範圍就是通知訊息的位置到貿易點之間的這段距離。

「我們這裡跟貿易點的距離是兩公里，安全區的算法就是以貿易點為中心，方圓兩公里的區域都是安全區，安全區裡面不會有怪物出現。

「以後你們要是重傷被怪物追擊，在沒辦法反擊、只能逃命的情況下，如果周圍有貿易點，那就逃向貿易點，記住了嗎？」

「記住了！」

巴基點點頭，又道：「還有，因為墟境裡頭只有十個貿易點，我們的運氣好，很快就遇見了，一些運氣不好的人可能要找上幾個月才找得到，要是去了高星級的墟境，面積更加遼闊，很可能在裡面待上一、兩年也沒遇見貿易點，所以你們發現貿易點以後，要將它的位置記下，並且通知你的夥伴……」

說著，巴基發送訊息給另外七團分開的團隊，而阿奇納等人也紛紛將位置座標記錄下來。

「在必要的時候，貿易點的資訊還可以用來跟其他團隊進行交易。」

「是。」

「我補充一下。」奧德里接口說道：「貿易點的規格有大有小，每一個貿易點販售的資源都不一樣，所以你們進入貿易點後，第一件要做的事情就是確認這個貿易點販賣哪些東西，並且把它記錄下來。」

「是！」

眾人來到貿易點前時，見到的是一座古色古香、由灰色巨岩砌成的大城市，出入的門口相當寬敞，約莫可以容納五輛重型裝甲車並排通行，大門的兩側鑲嵌著兩根金屬圓柱，圓柱上有著繁複的陣法圖案，那是具有檢測身分、防禦和攻擊效用的陣法。

當晏笙他們穿過城門進入時，他們手腕上的永望島身分環會跟金屬圓柱進行資訊連接，他們的身分資料會被傳入城內並被記錄下來。

以後要是他們在城內跟人械鬥或是做了什麼會被追捕的事情，他們在貿易點的行動紀錄就會被傳遞給永望島的控管系統和管理階層。

走進城門後，晏笙他們看見全副輕甲、氣宇軒昂的執法隊，以及一座空蕩蕩的城市。

「……怎麼都沒人？」

團員們面露不解。

按照先前巴基和奧德里的介紹，貿易點應該是所有人進入墟境後的重要休息點，這裡應該會是人山人海才對啊……

「大概是因為這個墟境才剛開啟，就算有人跟我們同時進來，他們也不一定會被分配到這個區域吧！」奧德里猜測地說道。

「這樣正好！」巴基倒是很滿意貿易點的狀況，「趁現在趕緊去畫地圖，把這裡的環境記錄下來，重要的物資店、商店都要標示出來……」

「這裡沒有賣地圖嗎？」晏笙還以為，這樣的重要地點都會有地圖販賣呢！

「嘖！想什麼好事呢？」巴基斜睨他一眼，「我們每次進入墟境都是自己記憶、自己手繪地圖的！」

「咳！」旁邊負責站在城門處站崗的執法隊隊員輕咳一聲，「服務站有賣簡易地圖。」

「……」瞬間被打臉的巴基瞪大眼睛，難以置信地反問：「這裡有地圖？什麼時候開始賣的，我怎麼都沒聽說？」

執法隊隊員微微一笑，「你們運氣好，這個新墟境有賣，其他墟境都沒有。」

聽對方這麼說，巴基自然也不會強行要求崽子們要手繪地圖了，他立刻領著眾人找尋服務站。

服務站位置就在供人休息和交流的廣場正對面，它屬於永望島的官方產業，招牌上有一個大大的永望島專屬標誌，藍底白字，相當好找。

服務站裡頭很寬敞，面積有三百坪，布置相當簡單，就只有二十個自動服務櫃台，除此之外別無他物。

自動服務櫃台是一個很有科技感的金屬長方桌，規格還挺大的，可以讓一名兩米高的大漢躺在上面當床睡，桌面上有各種觸控按鈕選單，碰觸自己想要的服務項目後，藍色光幕就會升起，列出各種選擇內容讓人點選。

奧德里熟門熟路地操作，點選了「購物」欄位，光幕跳動，購物頁面出現，上面只有四樣商品——基礎食物包、基礎急救包、回返票券和地圖。

「竟然還有回返票券！這下子賺了！」

巴基探頭一看，立刻催促奧德里採購票券和地圖，數量是整個大團隊的人數，四百四十二人。

「像這種電子類型的東西，我們可以整團採購，買了以後它會自動傳送給不在現場的夥伴，但是實際的物品就沒辦法了，這裡並不供應寄件服務。」奧德里一邊操作、一邊解釋道：「東西已經傳輸給你們了，看一下你們的身分環，是不是有收到這兩樣東西？」

眾人乖乖地點開身分環，進行確認。

回返票券是讓人透過票券傳送回到貿易點的東西，要是去狩獵時跑得遠了，回程時就可以用它傳送回來，遇到危險時也可以利用它脫險，不過回返票券的回返位置是固定的，在A貿易點買的回返票券就只能返回A貿易點，B貿易點買的就只能回到B貿易點，兩個貿易點之間並不相通。

回返票券是消耗品，一張只能使用一次，一張就要價兩千星幣，而電子地圖一份是一百星幣，價格便宜，內容也相當簡陋，貿易點的平面圖上面，標示著廣場、服務站和執法隊崗哨位置，其餘都是一堆大大小小的框框。

「這些框框是什麼？」某團員納悶地問。

「商店？」另一人回答。

「對，就是商店，也有可能是旅館、酒館或是一塊空地。」巴基回道：「等一下你們各自負責一個區域，把上面的空白店家名稱填上，最好還能夠將裡面賣的東西記錄下來。」

一聽這話，眾崽子們一片哀號。

「還要記錄啊？好麻煩……」

「賣的東西不就那些嗎？為什麼還要記下來？」

「叫叫叫、叫什麼叫？誰跟你說這裡賣的東西都是一樣的？」巴基拍了叫得最兇的幾隻崽子的腦袋，「這裡的商店賣的東西可沒有外面那麼齊全！」

「貿易點的規模有大有小，商店裡頭賣的東西也都不一樣。」奧德里解釋道：「我以前遇過一個最小的貿易點，裡面只有三間商店，一間賣食物、一間賣雜貨還有一間是維修店，那間維修店只維修某些等級和屬性的裝備，其他裝備不維修，雜貨店的物資也很匱乏，很多物資在那裡都找不到。」

要是他們不事先調查清楚這裡所販售的東西，等到日後需要時，大老遠地跑來一趟卻發現買不到東西，那可就慘了。

「你們要是不想記錄太多，那就將你們覺得以後會用到的物資店舖記下，確保以後需要採購某樣東西時，可以立刻找到商店位置，而不是毫無頭緒地在每一間店舖找尋。」

聽到奧德里的解釋，阿奇納他們也明白教頭們的用意了。

他們分成幾個小隊，各自負責找尋一個區域，記錄完畢後回到廣場集合，將各自的紀錄資料複製給其他人，節省大半時間。

這個貿易點的建設很整齊，同類型的商店都被集中起來，安置在同一個區域或是同一條街道，讓晏笙他們記錄起來也比較方便。

晏笙和阿奇納的隊伍負責記錄的區域是裝備區，這裡有販賣各種武器裝備的店家，也有維修舖、二手裝備店、鍛造舖、附魔店、寶石鑲嵌店和一間販賣各種材料的雜貨行。

店裡頭的商品種類繁多，晏笙和阿奇納努力將他們覺得以後會用上的都記錄下來，這也讓他們變成最後一隊歸隊的。

當他們抵達集合的廣場時，發現其他成員聚集在廣場中央的噴水池旁，並且拿著東西不斷朝水池裡頭丟去。

當他們靠近時，發現那個噴水池只要有東西丟進去，就會噴射出一個白色禮包回到丟東西的那人手中。

「你們在做什麼？」阿奇納好奇地發問。

「阿奇納，你們回來啦！」

「這個是交換泉，是貿易點新出現的設施喔！」

「教頭說以前的貿易點沒有這種東西呢！」

「丟東西進去就會得到一個禮包，禮包裡頭的東西是隨機的，有好東西也有垃圾，要看運氣……」

「晏笙，你也來丟丟看！」

「對、對！晏笙的運氣那麼好，肯定可以拿到好東西！」

「阿奇納就別丟了，你的運氣那麼差，會拿到垃圾的哈哈哈……」

晏笙被簇擁著來到噴水池旁，他在空間裡頭搜索，思考著該丟什麼東西進去，見到正在跟小海豚玩耍的小水元素時，他突發奇想：水元素生物可以操控周圍的水域，要是他將小水丟進去，會不會把噴水池裡頭的禮包都打撈出來呢？

後來他還是打消了這個念頭，不管事情成或不成，感覺都會得罪永望島，根本是找死的行為。

最後，他聽從其他團員的建議，拿出幾根摻著秘銀的骨頭當作交換品。

「就這麼丟進去就可以了？需不需要許願？」晏笙開玩笑地說道。

「可以許願嗎？」

「這個主意不錯！你就許願吧！說你想要一個豪華大禮包哈哈哈……」

「對對！許願試試吧！說不定會成真呢？」

晏笙從善如流，對許願池……啊不，是噴水池說了他想要豪華大禮包，而後將手裡的幾根秘銀骨頭丟入噴水池中。

過了約莫兩秒鐘，一個發著光芒、包裝花紋看起來更加華麗的金色禮包從水池中飛出，落在他的手中。

「這個禮包發光了！」

「之前的禮包都沒有發光，它一定是好東西！」

「快打開看看！」

眾人好奇又興奮地催促。

晏笙從善如流地打開禮包，取出裡面的東西，那是一本名為《愛克里歐多納大師的槍械心得》（大師級技能書）的書籍。

「大師級的技能書耶！真好！」

「果然是好東西啊……」

「晏笙，你再試一次！看看還可以換到什麼東西！」

「對！這裡的交換沒有次數限制，可以一直丟東西交換喔！」

晏笙收起技能書，又拿出一堆秘銀骨頭往水池裡丟。

這次出現的禮包沒有發光，禮包的顏色是藍色，跟之前的白色禮包不同。

藍色禮包打開後，裡面是一堆隨機傳送捲軸，晏笙數了數，數量共計十個。

「傳送捲軸耶！這個也很好！」

「我記得這種捲軸一個好像是賣三萬多星幣？」

「不一定，要看傳送的範圍，傳送範圍越大就越貴。」

晏笙將捲軸禮包遞給阿奇納讓他幫忙拿著，又往水池裡丟了一把骨頭。

這次出來的是紅色禮包，裡頭是三十張一次性的中級附魔捲軸，每個附魔捲軸增加的屬性都不一樣，有提高鋒利屬性的、有強化防護的、有增快速度的……

「附魔捲軸耶！我還是第一次看到這種東西！」

「我也是，聽說這個東西很貴很貴很貴……」

「聽說中級的附魔捲軸一個要十萬星幣以上！」

「嘩！好貴！」

「晏笙拿到三十個呢！那就是……三百萬？我有沒有算錯？」

「天啊天啊天啊！好多星幣！」

「晏笙！求沾好運！」

「我也想要好運氣……」

「握個手吧！我給你五百星幣！」

「晏笙、晏笙，你幫我丟骨頭吧！我想要一個胸甲。」

「也幫我丟！我不挑，只要是我能用的都好！」

一群崽子蜂擁而上，拿出自己預備好的秘銀骨頭，希望能從晏笙這裡過過手，得到好運。

晏笙來者不拒地收下，幫他們一個一個丟水池、拿禮包。

後記

之前提到過，我很喜歡晏笙和阿奇納，覺得他們兩個相當可愛，寫他們的時候很開心，這一集也一樣，兩人的互動和劇情寫得都挺順的，寫的時候嘴角總是帶著笑意，唯一會讓我卡住的地方是場景轉換、環境描述和給那些晏笙找到的東西命名，像是水凝輝、水王玉等等。

我實在不擅長命名，不管是人名還是動植物名稱、怪物名稱、食物名稱、地區名稱等等，我總是要到處去搜尋，試圖找到一個覺得唸起來通順、重複度又不會太高的名字。

真希望有各種東西的命名產生器啊……

寫到好運泉的祈求好運劇情時，我就想起以前玩「陰陽師」，大家為了求得SSR卡，發明了各種玄學抽卡方式，有人會特地跑去廁所抽、有人會在抽之前洗手、有的人說要在手上穿或戴某顏色衣飾、有人會聽著激昂的音樂抽、有人會特地在某個時間點抽、有的會選擇某種圖案、有的在抽卡前會像拜神一樣地唸祈求語，還有人分析筆劃的第一筆要從左邊起手、最後要在左邊結尾，這樣的機率才高……

（我絕對不會跟你們說我試過哪幾種！）

總之，寫這段劇情的時候，覺得懷念又搞笑，大家有試過哪些玄學的抽卡或祈福呢？

※※※

最近又重看〈MasterChef Junior〉（小小廚神）這個烹飪節目，覺得那些小廚師都好強，就算是沒有使用過的食材也能夠烹煮得很好。

小廚師們的互動很可愛，沒有大人的勾心鬥角、烏煙瘴氣，他們會在比賽時相互加油打氣，就算輸了也是很坦率地接受。

回想一下我在他們這個年紀的時候在做什麼呢？好像都在瘋跑瘋玩而已呀！

現在的小孩真是好厲害！

國家圖書館出版品預行編目資料

天選者④：今天起，請叫我歐神！／ 貓邏 著.--
初版.-- 臺北市：平裝本. 2020.09 面；公
分(平裝本叢書；第 512 種)(＃小說 8)

ISBN 978-986-98906-8-7 (平裝)

863.57 109011973

平裝本叢書第 512 種
＃小說 08

天選者

④今天起，請叫我歐神！

作　　者—貓邏
發 行 人—平雲
出版發行—平裝本出版有限公司
台北市敦化北路 120 巷 50 號
電話◎ 02-27168888
郵撥帳號◎ 18999606 號
皇冠出版社(香港)有限公司
香港上環文咸東街 50 號寶恒商業中心
23 樓 2301-3 室
電話◎ 2529-1778　傳真◎ 2527-0904
總 編 輯—龔橞甄
責任編輯—張懿祥
美術設計—王瓊瑤
著作完成日期— 2020 年 4 月
初版一刷日期— 2020 年 9 月

法律顧問—王惠光律師

讀者服務傳真專線◎ 02-27150507
電腦編號◎ 571008
ISBN ◎ 978-986-98906-8-7
Printed in Taiwan
本書特價◎新台幣 249 元 / 港幣 83 元